心灵四神汤

刘济雨 著

复旦大学出版社

资深慈济志工刘济雨、简慈露伉俪

谨将本书版权捐赠慈济

并以真诚之心

感恩成就我当孝子的堂上活佛

——父亲、母亲

感恩让我无后顾之忧的掌上明珠

——两位女儿

感恩接引我入慈济法门的菩萨道侣

——我的内人

感恩让我找到生命甘泉的慧命母亲

——证严上人

自 序

一九八八年开始，许多台湾企业陆续前往东南亚投资。那时我前往泰国考察半年，几乎决定买下厂房，进行企业外移。由于当时又有朋友邀我前往大陆，因此暂时搁下泰国投资一事，一行人前往大陆考察。回台后，又在另一批朋友的游说下，接受马来西亚马六甲州政府之招商邀请，前往了解投资环境。两次相隔不到一个月的投资考察后，我当机立断决定把握机缘，在马六甲州投资设厂。

一九八八年十一月，制衣厂正式开工。在人生地不熟的异乡，我经历千辛万苦，努力经营工厂；与每一位投资者相同的心念，我深切期盼能事业顺利，财源广进。至一九九二年，内人在偶然的机缘里认识慈济，进而也影响我接触慈济。这一个小小的慈济因缘，落地生根再开枝散叶，大大地改变了我和内人的人生价值观，进而让我们转换人生跑道，飞向完全不同的人生目标。

缘起于一九九二年年初，内人自马返台，在台北一间美容院洗头时，无意间翻阅一份《慈济道侣》刊物，被慈济团体以实践及力行去行善救人的修行方式所感动。隔天，立即前往台北分会捐了两张病床。

一九九二年年中，我与内人前往吉隆坡湖滨精舍，拜见大马佛教界德高望重的伯圆长老。长老告诉我们数月前台湾慈济委员曾来拜访，从中得知证严法师推动四大志业之宏愿，他感动于法师以慈悲喜舍之心，起救苦救难之行，勉励我与内人在经商赚钱之余，也需协助推动慈济志业，让无缘大慈、同体大悲的祥和社会早日实现。长老同时也给我们一个联络电话。从此，我们与慈济结下不解之缘。

内人颇具佛缘与慧根，认识慈济后，立即确定此为人生目标，虽相见恨晚，但却满心欢喜。遂将慈济慈善工作从自己的工厂率先推动，上自职员，下至员工，大家每个月领薪时，自动缴交善款帮助马六甲州内不幸的鳏寡孤独；并带领职员们在下班后，前往马六甲的穷街陋巷，进行访贫与居家关怀。内人从事慈善工作一段时间后，认为如此具有意义且福慧双修的如来家业，必须男众也一齐投入，力量才会壮大。因此，她处心积虑，很有智慧也很有技巧地默默为我铺路，希望我早日因缘具足，走入福慧双修的菩萨道。

一九九三年十一月，在内人"动之以情"及"晓以大义"之下，我首度返台至花莲寻根。是次寻根，让我深入了解慈济团体，并对证严上人及常住师父们，一日不作一日不食的修行方式，及悲天悯人的宗教情怀，以及台湾慈济人追随上人、护持慈济的种种事迹深深感动。返马后，我将心动化为行动，从点点滴滴的慈济工作中体验人生的种种哲理，自此心灵得到无限的欢喜。逐渐地，我由初期的九分事业一分志业，慢慢转变为一九九九年的九分志业一分事业。虽然投入比例相差甚为悬殊，但却能四两拨千斤，让员工将士用命、自动自发地投入而使得工厂顺利经营，同时也让工厂因为爱心充盈而工作气氛更加温馨。

原本九分事业有九分烦恼，因为有"事"即有"业"。即使一分的事业，仍存有九分的烦恼；然而九分的志业却没有丝毫烦恼，这确实令我十分疑惑与不解。后来在"借事练心"一段时间后，我终于转疑成悟，盖因"事业有所求"，而"志业无所求"。如果对志业有所求，也是在求"智慧增长"。虽然只是一分的事业，只要心存一分的有所求，也会带来无尽的烦恼。而利益大众的事再怎么付出，因为"有意义"及"无所求"，所以尽管身体疲累，但内心却充满欢喜。

有幸追随明师后，我努力学习上人"信己无私，信人有爱"的胸襟，将经营企业"疑人不用，用人不疑"的理念，升华为"以慈悲让疑人不疑""以智慧用不疑之人"，并将之落实于自己的几个工厂。工厂里的工作情境温馨祥和，员工们在愉快中工作，也在工作中获得愉快，这就是让人永不言累的生活情境。

我也自此发现"人和管理"的好处，大大地超越了企业管理所强调的"人性管理"与"目标管理"。因为唯有慈悲宽容与广结善缘才得以"服人服心"，这才是最高的管理哲学。员工因为被尊重而自重，因为被关怀而开怀，因此比较懂得洁身自爱，会适时约束自己，进而在感恩中发挥无限的潜能，这就是妙法。

一九九六年二月，我在上人恩准之下，于工厂旁边空地，兴建一栋三千多平方米的"静思堂"，作为慈济各项活动及会所使用场地。一万五千八百多平方米的土地上，右边是工厂，左边是道场，而中间后面则是资源回收场，三场合一。在同一块土地上，经营工厂与推动志业有着迥然不同的心境，这种百感交集，一度造成内心很大的矛盾与冲突。那时我经常苦思，希望能找出平衡点，殷盼能早日突破迷思瓶颈，走上光明慧路的坦程大道。

"静思能使心灵沉淀，心静则令慧光显现"。我发觉，将事业由十分降到一分，因为仍属循序渐进，还算简单。但是要将最后且唯一的一分也舍掉，这已不是多少的问题，而是"有"与"没有"的天壤之别，所以这项取舍很不简单。因为不简单，所以需要"智慧"与"勇气"，严格说来还需要"福报"。

二〇〇一年年底，我抓紧天时、地利、人和的殊胜因缘，在内人的同意下，将经营了二十多年的成衣事业结束。员工离职的最后一天，众多慈济师兄姊在工厂大厅夹道欢送，并道感恩。员工们虽热泪盈眶，也依依不舍，但缘生缘灭，虽有大力也莫之能逆。

　　结束生产线的三千多平方米厂房，后半段如今已是慈济幼教中心的教堂，原本嘈杂的机器声，如今已充满孩子的欢笑声。前半段则用作慈济义诊中心。义诊中心于二〇〇一年五月十九日启用后至十二月止，已为州内老人院、孤儿院、残智障院、原住民，以及慈济的长期照顾户等贫苦患者免费医疗服务达一千多人次。也因为义诊中心的成立，有七十多位良医加入慈济人医会的医师组织，其中近四十位发心轮流排班参与义诊。不同宗教信仰的各科医师，群集在佛教的慈济义诊中心，一齐为不同种族及不同宗教的贫病患者医病医心，这是大爱无国界，也是人性的光明面。得以亲眼目睹并亲身感受，令人心生喜悦，充满感恩。

　　在马来西亚投资设厂的十四年，我从零开始，从无到有；如今又从有到无，印证佛经所说的"真空妙有"，及佛家所说"万般带不去，唯有业随身"。舍去最后的一分事业，不是变成零，得到的也不是一分，而是无量，那是因为"无形的收获无法计量"。

　　《心灵四神汤》是我生平第一本著作，由于白天慈济工作十分忙碌，因此大部分文章是于夜深人静的清晨时刻完成。此书也是我投入慈济工作十年届满的心得回顾，唯才疏学浅、文笔拙劣，倘有辞不达意或引经据典有疏漏之处，尚祈有学之士不吝赐教，并期与有缘阅读的先进们互切互磋、互相鼓励。

目·录

心灵四神汤

自序   4

⊙ 一念心转万境转   1

一念心转万境转   2
情境   5
在逆境中成长   8
困难就是大力丸   11
不怕念起　只怕觉迟   14
快乐的工场   17
找回失去的快乐   19
心田过滤器   22
扫地扫屋角　洗耳洗耳根   25
老人赤子心   28
"忙"与"盲"   31
多承担　少负担　生活则轻安   34

⊙ 做自己的贵人 　　　　　　　　　37

游戏人间　　　　　　　　　　　38
单纯　　　　　　　　　　　　　41
第一次　　　　　　　　　　　　44
"七十而惑"　　　　　　　　　　47
破茧　　　　　　　　　　　　　50
阳台上的富贵花　　　　　　　　53
做孩子生命中的贵人　　　　　　56
降低别人的标准　提高自己的水准　60

⊙ 先"静"后"思"再"语"　　　63

心直口不直　　　　　　　　　　64
也谈静思语　　　　　　　　　　67
教人教自己　　　　　　　　　　70

读经、解经、再行经 74
先"静"后"思"再"语" 77
什么样的语言决定什么样的人生 80
什么样的心念决定什么样的命运 84
"人"因自省而成"才" 87
逆向思考也很好 90

⊙ "放下"的艺术 93

"包容"与"纵容" 94
合理不合理 标准在哪里？ 97
宁愿记不起 不要忘不了 100
用爱化解仇恨 103
事来即应 应过即放 106
生活的艺术 109

转换跑道　从心起飞	112
让生命展翅高飞的翅膀	115
滑翔翼的生活艺术	118

⊙ 让欲望列车停驶　121

省吃俭用的美丽人生	122
永不干涸的一滴水	126
考察一年抵不过一念	130
让欲望列车停驶	133
感觉	137
知足最大富	140

⊙ 假如医生是病人　143

| 假如医生是病人 | 144 |

名医易找　良医难求　　　　　　147
此院非彼院　此台非彼台　　　　151
身病难医　心病好医　　　　　　154
心中有爱　　　　　　　　　　　157
面对生死病苦也要用心　　　　　160

⊙ 明天与无常，哪个先到？　　　165
迷信不如不信　不信不如正信　　166
还有明天　　　　　　　　　　　169
心灵灾难之省思　　　　　　　　172
灾难无情　人祸在先　　　　　　175
居安思危　体解无常　　　　　　178
注重运动与营养　还不一定会健康　181
无缘的结局　　　　　　　　　　186

一念心转万境转

 # 一念心转万境转

记得一九八八年只身前往马来西亚投资时,在初期的筹备阶段,处于人生地不熟的马六甲州偏远小镇,每逢夜晚或周末假日皆备感孤寂。尤其刚从繁华热闹的台北大都会,一下子移居到一个恬淡纯朴的小城市,生活步调及处事心态均面临极大之冲击与考验。每逢工作空档,我都独自一人开车奔向吉隆坡,目的无他,只为刻意投入塞车的队伍中,重温在热闹城市里的归属感,也证实自己并未离群索居。如今回想起来,不禁令人莞尔。

一九九二年结识慈济至一九九三年投入慈济后,由于访视个案,看到许多人间疾苦与不幸。大大小小的贫病个案,其苦因不同,但苦难示现时,却令这些人生活在相同的现象地狱中,苦不堪言。慢慢地,我开始思索,离乡背井,忙忙碌碌过一生,所做为何?因为每一个人都想多做一点、多赚一点,看看日子会不会好过一点。但似乎比较少人会去思考,少做一点,少赚一点,欲望降低一点,日子可能会更好过一点。在滚滚红尘中,

庸庸碌碌过一生，目标又为何？失去目标的人生，就像一个没有导游的旅游团，不知何去何从。只能漫无目的地四处闲逛，虽然可以走马看花，但却永远看不到重点。

投入慈济工作后，发觉事业以外的时间逐渐忙碌起来，再也没有时间跑去塞车的地方或人潮聚集的地方去享受热闹的感觉。甚至觉得时间如果无意义浪费掉，那是一种惋惜与受挫的心情。要热闹或宁静，其实一切都在我们的心境里头，不必向外求。佛家有言："心中自有山水"，亦即要我们用心去体会生活情境中的自然之美。宋朝苏东坡因为懂得欣赏生活，而有所领悟地说："溪声尽是广长舌，山色无非清净身"。如能在生活中培养出赏心悦目之幽情，则溪声就是悦耳的乾坤大乐曲，雨声就是磅礴的天地交响乐。偶尔停下脚步，即使聆听周遭的寂静，我们也会发现，寂静之中自然"万籁有声"。

寂寞无聊，是一种精神空虚的心理反应。为填补贫瘠的心灵，许多人常借追逐五欲六尘，让自己获得短暂的身心纾解，这种不究竟的排遣方式，让许多人"认贼为父"，并在生活中奉行不悖。一旦无常来临，身心俱创，这才惊觉原本以为丰富的人生，居然是如此地匮乏与不堪一击，也才警悟原本以为的"拥有"，却是如此的虚幻而无法永久掌握。

吉隆坡依然车水马龙、热闹繁荣，马六甲的古城风情却朴实恬淡、宁静祥和，历经风雨岁月洗礼而不改其貌。然而，景物依旧，心境却已全非，游子的心境已发生了生命中极其重要的转折。人在热闹喧嚣的大都会，心可以置之于宁静祥和的小城，此谓"境随心转"。同理，当人在恬淡纯朴的小城，也可以"以心转境"，观想自己置身于热闹繁荣的都市里，甚至在拥挤的塞车队伍之中。一念心转万境转，佛家所言"一切唯心造"，真是一切尽在不言中。

情　境

有时候我们会劝人说："环境无法改变时，就要改变心境。"但是，仔细思维后，我们会发现，有时候心情的好坏与情境有直接的关系。没有人喜欢待在气氛不好的课堂或办公室，更没有人喜欢生活在一个气氛不好的家庭里。环境会影响一个人的心境，情境当然也会牵动一个人的心境。

情境的好坏会直接影响人的心情，就像观赏一出喜剧电影我们会有轻松欢笑的心情，观赏悲剧电影则会有悲戚与共的心情一般，因为人是感情的动物。营造一个温馨祥和的生活情境，是让生活充满朝气与祥和的重要条件；而营造一个感恩知足的生活情境，更能让人学习惜缘造福及享受付出之际的心灵超越。我们需要生活情境，因为它是生活教育的一环，更是让生命充满活力与朝气的潜在动力。

二〇〇一年年初，中美洲的萨尔瓦多发生大地震，美国慈济人负责一系列的勘灾、赈灾及灾后的重建工作。为了让在美国读书的两个女儿有了解世间疾苦的机会，趁着她们大学的学校假期，我们一齐报名参加萨国灾区的义诊及发放工作。在灾区里的志工体验，让生活在人间天堂的女儿体会深刻，这是她们一生中难以忘怀的机会教育。这种刻骨铭心的情境教育，其实就是生命中的一种"震撼教育"，它让我们的内在心灵经过震撼后立即醒觉。虽然从马来西亚辗转飞到萨尔瓦多，是一段不算短的飞行航程，但我和内人坚信这真是一趟"知性与感性"之旅。

赈灾回来后，我收到女儿们发来好几页的电邮，分享着她们在灾区里的心灵感受。除了庆幸也珍惜自己的福报之外，更深深感恩父母的用心良苦——千里迢迢飞跃万重山，只为陪她们一起去体验另一种生命价值。而这个体验将令她们终生难忘。

这样的体验，让孩子们的心境有了很大的转折。其实接触愈多的苦难境界，愈让我们珍惜身边所拥有，尤其当所拥有的也是所仅有的，则让我们更备感珍贵；因为比起那些没有的人，我们至少还是"有"。在与孩子们交流互动时，一位十多岁的小男孩跟我说，他看到隔壁邻居的孩子被妈妈鞭打，觉得很羡慕。乍听之下，我以为这个孩子的心理有缺陷或不平衡，问他为什么这么认为，他沮丧地说："我连被妈妈打的机会也没有。"就这么短短一句话，让在场的师兄姊泪流满面、心疼不已。回去后，我常常将这位孤儿感人肺腑的话，与慈济的孩子们分享并互相勉励。

常常接触苦难、见识不幸，会让我们启发同情心。同情心就是悲悯心，有悲心的人心地容易柔软，心地柔软的人比较感性。感性的人比较有赤子之心，容易触景生情，"情生则情境成"。生活中，如果人人心存善意与温情，则生活情境比较祥和。反之，如果人人心存恶意或理多情薄，则生活情境必然充满仇恨与对立；家庭中只要有一个成员如此，家庭气氛就难以和谐。因此证严上人常常鼓励人们："全家一起发心，全家一起行善。"只要人人起善念，念念不离善，并持之以恒，则积善之家必有余庆。福爱充盈的家庭，当然是气氛温馨、美满幸福的家庭。

幸福的家庭都有相同的幸福，不幸的家庭却有各自的不幸。"幸与不幸"即使是来自环境，甚或命中注定，我们仍可"以心转境""以念转运"。如果我们感到力不从心，无法扭转心境，则不妨试试"多布施、多行善"，做到了以后，再要求自己"脸要笑、嘴要甜、腰要软"，如此努力下去，很快就会营造出幸福快乐的生活情境。

 # 在逆境中成长

记得以前尚未学佛的时候,物质欲望极高。凡夫性的使然,让我以攀缘心每天轮回在名利财富以及物质欲望之中,那时候自己常认为:"一个人努力经营事业,好不容易赚了一点钱,如果还不会好好地享福,这种人不如死掉算了。"而自己也误以为这就是"福报现前",才能让自己过着如此幸福快乐的日子。

接触佛法后,百思不解为何佛经上说:"娑婆世界是一个堪忍的世界",自问:"为什么要忍?有什么好忍?一切随心所欲,又如此顺遂,到底要忍什么?"在顺境中成长的人,犹如温室里的花朵,他永远无法体会"不经一番寒彻骨,哪来梅花扑鼻香"的美妙意境。

投入慈济工作,深入人群后,面对菩萨道之难行,也亲赴苦难深处,这才恍然大悟为何人生会有八大苦,为何人生不如意事十之八九。不修则不考,要修行就要时时接受境界的考验,而这些考验则离不开困难、挫折、是非、障碍等逆境,此即所

谓"借境修心""借事炼心"。

这些逆境在我们的生命过程中频频示现,有时让我们穷于应付,有时更令我们几乎束手无策,直到有缘遇到善知识,一句轻轻的智慧好话,居然也能一棒打醒梦中人,这才体解原来生活中的智慧需靠一些逆境来启发。而我们也因克服了困难,超越了障碍,让原本使我们深陷苦海的逆境,因一念心转而变成增上缘。这种成长的喜悦催化了心灵的提升,也默化了人格的升华,此如人饮水,冷暖自知,需要自己去体会。

人生不如意之事既然十常八九,所以我们也不必以"万事如意"来祝福别人。此乃透视人生根本不可能万事如意,但有一件事很重要,那就是在不如意的逆境中我们要学习以"毅力勇气"来排除万难,作为力争上游的力量泉源。除此外,我们也要学习用智慧来祝福别人和激励自己:"不求事事如意,但求毅力勇气。"

"人生最好的学习是来自被逆境狠狠的一击",在人生漫长坎坷的道路上,处在逆境时,我们唯有乐观正向地告诉自己:在悲伤时更要展现笑容,在痛苦中更没有悲观的权利。虽然说起来很简单,做起来却不容易,但不如此转动心轮,提起正念,我们又如何在五浊恶世中突破困境、勇往直前呢?

顺境会让人懈怠,逆境才能激发我们的潜能。人生因有无常与苦难,我们才会觉悟:觉悟自己在顺境中要有"无常观",

在逆境中更要有"因缘观"。本来我们以为山穷水尽疑无路,结果心念一转,柳暗花明又一村;原本以为是阴霾暗淡的人生,如今提起正念,雾散云开见青天。故知,万法唯心造,所持之法无他,唯求"用心转念"而已矣!

困难就是大力丸

娑婆世界乃因种种逆境及苦难偏多,故谓"堪忍的世界"。它启示我们,不但要忍逆境,同时更要积极地去面对困难化解逆境。困难克服不了,我们则陷入困境,成为苦难众生。困难克服了,则雨过天晴,雾散云开见青天,生活再度充满信心,人生再度希望无穷。

生活中,虽有种种的困难来考验我们,但有时并不是事情本身让我们感到困难与挫折,而是我们对这件事的"看法"和"想法"让我们陷入困境。看法和想法就是我们对一件事的"判断"和"心态"。如果我们从积极正向的角度来判断,以达观豁然的心态来面对,我们会发现,其实困难的后面往往蕴藏着许多机会,此即"山穷水复疑无路,柳暗花明又一村"。相反地,如果我们常常以消极负面的心态来处世,则不只面对困难的时候,会被困难所克服,甚至身处优渥的顺境中,也会哀怨地过一生。这种消极心态的人,即使机会来临,他所看到的也只是机会后面的困难。

海明威在《老人与海》一书中提到:"人可以被毁灭,但不能被击倒。"这句话告诉我们,只要人还活着,我们对生命一定要充满信心,如果失去信心就等于失去一切。更何况被击倒并不代表失败,"跌倒了,不爬起来,才是真正的失败"。生命中,因为有困难挫折,才使我们愈挫愈勇,也因为有人拉扯我们的后腿,才让我们练就足够的腿劲。

愈是碰到困难,愈要乐观坚强,更要随时提醒自己:冬天虽来到,那表示春天已离我们不远。如果面对困难,就唉声叹气、意志消沉,则容易丧失判断力与注意力,如此反而更不易化解困境。因为,面对困难挫折时,如果我们强它就弱,我们弱它就强。《静思语》有一句:"人要克服难,不要被难克服了。"真是言简意赅,值得我们反复深思。

成吉思汗说:"真正乐观的人,不但不畏惧困难,而且随时随地在寻找困难,随时随地在困难中接受磨炼、面对考验,如此才能启发智能,壮大自己。"失去挑战的人生,因为缺乏磨炼与考验,精神常往下沉沦,日子当然也会过得不快乐。我们仔细回想过去所遭遇的困难与逆境,会深深体会:"人生中,最艰难的经历及最难缠的人,往往让我们学习得最多。"

面对困难,智慧不足的人会将困难当作苦难,而让自己痛苦哀怨。有智慧的人,会运用智慧将困难加以提炼,化"辛苦"为"进补"或转"苦"为"甘"。如此,困难则变成大力丸,把它当作巧克力来服用，让我们"巧"妙地"克"服困难，从而产生无比的"力"量。此犹如被毒蛇咬到，还是要用毒蛇的毒液所提炼出来的血清，以毒攻毒而化毒。

天堂地狱都在一念间。同理，要将困难当苦难，抑或将困难当作"大力丸"，未尝不是存乎一念？人生逆境万万难，但有心对治就不难，其运用之妙，存乎一心。

# 不怕念起 只怕觉迟

人会生病,是因病菌入侵体内,负责抵抗的白血球抗菌失败,而让病毒在体内肆虐,破坏免疫力;也因感染不同之病菌,而人体呈现各种不同的病态。如果体内白血球发挥抗菌功能,在病菌入侵体内尚未产生破坏力之际,即将之围剿消灭,则抗菌成功,身体依然健康无恙。此乃为何有些人感冒时只是多喝开水即不药而愈;而有些人则需吃药打针,历经一段煎熬,饱受病苦折磨,苦不堪言。人体是如此现象,人心又何尝不是?

人体有四种现象:生、老、病、死;而心理也有四种现象:生、住、异、灭。"生老病死"常常发生在我们生活周遭,从小我们已经见识很多,也有所体会。然而,"生住异灭"就不见得人人能深入体解,进而透视人生、觉悟人生。我们内心念头随时生起,也固执地坚持自己的想法;一旦境来心转,见异思迁,念头又轻易改变,甚至随境消失。如此反反复复,谓之"凡夫",而烦恼也自此衍生。

生活中,我们经常被起心动念所困扰,有时在困惑中仍被

迫做出判断与选择，所以有人说："人生是一连串的选择，而生命的经历就是选择的过程。"每天我们都对生活中的大小事情做出判断与选择，小抉择影响一天，大抉择可能影响一生。因此，日常生活中的每一个念头，都在考验我们是否心存正念，是否判断正确。念头正确即观念正确，观念影响想法，想法影响做法，什么样的做法则造作什么样的人生。所以，念头正确与否，及抉择是对是错，都直接影响着我们的每一个日子是否过得愉悦快乐。

然而，我们无法确保每一个念头都完美无缺或没有偏差，就如同我们的身体无法永远不生病一般。身体健康时，"免疫力"发挥抗体的免疫功能，让我们身体处于无病状态。身体一旦病了，"抵抗力"的强弱对病情好转与否有着决定性的影响。所以一旦念头偏差，能扮演及时导正及净化功能者，就是我们内心深处的"正觉"。

正觉之于心念，犹如白血球之于人体，它既是需要的也是重要的。随境而起的念头无法杜绝，但清净的正觉却可以培养。不怕恶念起，只怕正觉迟，念头一旦偏差并不可怕，可怕的是正觉无法随之升起并及时给予导正。正觉战胜恶念，则恶念消失无形。反之，恶念战胜正觉，则偏差的思想会付诸偏差的言行。如此善恶交战，就决定着我们每一天的行为造作，也决定了每一天的快乐与否，甚至在无形中影响着我们的一生。

心中常存正觉就像茫茫大海中有着一座灯塔，它默默地指引我们正确的目标与方向。人心失去正觉就像灯塔失去灯光一般，是有体无魂，只虚有其表。相反地，一个具有觉性的人不会轻易被恶念牵引，必能时时自我观照，在反躬自省中时时自我警惕、自我约束；在起心动念、开口动舌及举手投足之间中规中矩、如法如仪。这就是心灵怡然自在、生活安然自得的人生。因此，我们说人生无以为宝，"正觉"就是"人生珍宝"。

快乐的工场

在这个世界上如果有一种工场,能每天生产快乐,不知该有多好!然而在堪忍的娑婆世界里,却忧苦偏多。病苦的人不快乐,穷苦的人也不快乐。有些人虽然很有钱,却也不快乐。忧愁、埋怨、烦恼、是非、困难、挫折等人生困境,不断重复出现在我们生活周遭,令人不快乐;甚至让人陷入痛苦的深渊,使我们成为苦难的众生。于是,人们开始追寻各种不同形式的快乐,以慰藉自己心灵上的空虚,甚至妄想有一个快乐的工场,能源源不断地制造快乐,好让人生不再悲苦。

如果快乐可以经由工场大量生产,那人生还有什么苦可以让我们觉悟和修行?人生因为有苦,人们才会想要解脱痛苦,减轻负担,这种念头就是修行的第一步。希望借着修身养性来增强我们转念的功夫,不但让自己在困境中能吃苦了苦,同时也透过力行与实践,去深入苦难、闻声救苦,让身陷苦海中的人离苦得乐。前者的快乐来自转化心念,这是智慧启发;后者的快乐来自牺牲奉献,这是助人为乐。能悲智双运,将快乐淬炼为轻安自在，即曰"法喜"。

生活快乐不是拥有得多，而是计较得少。幸福快乐的人生，也不是拥有多少或拥有什么，而是想的是什么。"想的是什么"就是心念，也就是人生观和心境。因此，生活要快乐，就要先照顾好快乐的种子，快乐的种子就是我们的心念。

一件事情或一个人是否让我们产生痛苦、不快乐，是在于我们对这个人或这件事的判断和想法。判断和想法就是我们的"心念"。我们如果认定别人是故意、恶意的，我们就会心生不悦，甚至以恶制恶造成彼此伤害，让自己沉沦在嗔恨的深渊里。相反地，如果我们能够善解，明了他之所以言行偏差，是累生累世的习气所使然，使他变成一个无法不说是非的人，一个没有能力约束自己的言行举止、没有能力善解别人、没有能力把事情做好的人，我们应该慈悲他、帮助他，甚至关怀他。若我们能如此转化心念，改变对一个人的判断与想法，那么我们就能原谅对方，解脱自己，并化干戈为玉帛，化痛苦为快乐，则幸福快乐的人生就在眼前，就在此一念之间。

智信的宗教能启发正向的心念及正确的人生观。人生观正确，就是观念与想法正确；观念与想法正确，就是心念正确。正确的一念会引导我们走向快乐的一生；所以，一念可以改变我们的一生。同理，要快乐还是哀怨，也是在一念之间。快乐不需要理由，只要我们决心想要快乐，快乐就和我们长伴左右。万法唯心造，"快乐的工场"不在远方，就在我们的"内心"。

找回失去的快乐

有一个人，因为钥匙掉了而在路上寻找，他的朋友正巧路过，也一起加入寻找的行列，两人找了许久就是遍寻不着，于是朋友问道："你记得钥匙是在哪里掉的吗？""是在家里掉的。""奇怪！你的钥匙掉在屋里，怎么会在路上找呢？"正当朋友丈二金刚摸不着头脑时，此人回答："因为外边比较亮，比较好找啊！"这一则故事寓意甚深，很值得我们反复省思。

我们都会说："从哪边跌倒，就从哪边站起来。"同理，东西在哪里遗失，就该到哪里去寻找，这是三岁小孩子都懂的道理，而且在生活中大家也都以此自然法则重复实践着。然而，有一件东西，当我们失去它时，我们却往往找错地方，而自己却一直没有发现方向错误。寻找的方向错误，当然就找不到，更不可能把它时时带在身边，它是什么呢？它就是"快乐"。

每一个人都曾经失去快乐，也有过不快乐的经验，所以很多人忙着追寻快乐。有些人可能已经找到，可是快乐之中仍夹杂着苦恼，因此这种"乐"很"快"就没有了。有些人可能一直没有找到，当然也一直很不快乐，没有快乐的人，不可能把快乐带给周遭的人。

寻找快乐的方法每一个人都不同，有些人游山玩水，有些人饮酒作乐，有些人唱歌跳舞，有的人则大肆采购、花钱享乐……寻找的方法百千万种，无所不及；如此刻意地追求快乐，快乐反而变成一种负担。

万法唯心造，快乐既然来自内心，一旦快乐不见，就要从内心去找，而不是从灯红酒绿、纸醉金迷的地方去寻找。"心外求法"是外道，外道即"偏离中道而失去正道"，失去正道会让我们身心失去平衡，有如飞机之双翼摇摆不定。如此的生活险象环生、危机重重，"快乐"当然更是遥不可及。

"快乐"不是靠追求就能得到，也不是用名利财富能够换取，它是来自一个人内心的主观意识状态，而不是借着寻求感官上的刺激而达到亢奋的结果。因此，碰到任何横逆或不如意，不必怨天尤人，更无需自怨自艾，唯有反求诸己，在自己的心念上用功夫，这才是正确的生命态度，我们也才有力量去主导自己的快乐。快乐既然操之在我，我们更需明察秋毫，找出快乐的根源。

"钥匙掉在屋里，却在屋外努力寻找"，虽然只是一则寓言故事，但类似如此颠倒的事却时常在我们的生活中发生。它警惕我们，这是昏庸愚昧所造成的一种迷思，令人深省。同理，快乐既不曾遗失在外，但却一心一意往外寻觅，如此，不但迷失方向也找错对象，这就是人生目标的盲点，令人警惕。

如果人生面临不快乐，或身处迷惑的十字路口，只要能彻悟快乐是源自内心深处，就如证严上人静思语："只要找到路，就不怕路遥远。"以智慧定位目标，勇敢坚定地走下去，哪怕是千里万里，快乐就在那里。

如果人生正处快乐情境，更要反观自省——快乐是否找对方向？找错方向的快乐，终归"乐极生悲"，不但人生空欢喜一场，更是白忙一场。如果我们能时时刻刻提醒自己，分分秒秒顾好心念，则不论身处何地，依然可以轻易"找回失去的快乐"。

# 心田过滤器

记得孩提时代,家乡基隆郊外的海边有长长的海岸线,依山傍水,海景秀丽。每逢暑期学校休假,三五同学时常相约前往戏水弄潮。清澈的海水里,五颜六色的鱼儿逍遥地成群遨游,碧蓝的海水一望无际,海天相连;夕阳西下时,景色更是变化万千,让人陶醉其中而流连忘返。

彼时,羡慕鱼儿们的无忧无虑与自由自在,也迷恋鱼儿身上五彩缤纷的诱人色彩。甚且兴起凡夫的念头——现在享有不如立刻拥有,现在拥有不如天长地久。于是便开始养鱼,把鱼儿们带到家里来做客,彼此"长伴左右",从此"相依为命"。

来家做客的鱼儿,由室内饲养的淡水鱼到不易侍候的海水鱼,鱼缸由四尺、五尺逐渐换到七尺、八尺以容纳更多的"鱼客"。踏入社会后经济能力许可,开始扩大规模,从事设备先进、工程浩大的挖坑造池饲养,鱼儿也晋级为名贵锦鲤。少量多餐的喂鱼方式及朝夕相处的心神投入,让我在鱼的世界里享受了外人无法体会的"鱼水之欢",也因此成为鱼友们笑称的"鱼痴"。

高中及大学时期热衷饲养的海水鱼，常常不明就里地死去，有些甚至来到家里后，就食欲不振、郁郁寡欢或躲在鱼缸角落了无生趣。水质不清时病症尤为明显，病情也急遽恶化。鱼儿们常因不明病因而不告而别，名贵锦鲤的饲养更是煞费周章，不但水质过滤器的设备必须先进，其体积更几乎是鱼池的三分之一大，只为能更有效地过滤水中杂质，让鱼儿们在有限空间过着幸福快乐的水中生活。而我也以"一家之主"自居，善尽喂食、照顾及关怀之责任，并乐此不疲。

学佛后，回首当年，感叹彼时竟然为一个兴趣花费无数宝贵光阴与金钱。然而，却也因养鱼的心路历程而体悟"鱼的启示"。海水鱼原本快乐地生活于水深数十米的高压深海里，却被贪婪的人类为一饱眼福、满足私欲，而一厢情愿地把它们硬抓上岸，让它们离开家乡、同伴，囚禁在小小的空间里。以同理心设想，换成是我们，在亲离子散、人地生疏的异域里，我们会快乐吗？难怪离开深海来到家里的鱼儿们大多数寿命不长，而且也因生态条件变化过大而难以适应，以致心里不快乐，最后连食欲也没有了。

身心俱创的鱼儿动作迟缓，缺乏生命力，犹如一个身心俱疲的人，必然也是身痛心苦无法产生力量、发挥良能一样。唯有身累心不累的人，才能勇于承担，乐于接受考验，并在人生功能发挥到淋漓尽致时，突破瓶颈超越极限而获得成长的喜悦。

不论是淡水鱼、海水鱼或锦鲤鱼，也不论是饲养在小鱼缸或大鱼池里，鱼儿们没有选择环境的权利，更没有改变环境的能力；唯有适应环境，才能得以生存。因此营造一个适合鱼儿们生长的环境是它们可以生存下去的先决条件，要水质良好就要净化水质，净化水质就要将水过滤，这就是为什么鱼缸或鱼池必须配置过滤器的原因。因为，没有过滤器的鱼缸，鱼儿会因长期生活在未经净化的环境里，而逐渐染病甚至死去。

同理，一个人的六识（眼、耳、鼻、舌、身、意）长期接触六尘（色、声、香、味、触、法），如果无法有效发挥它分别善恶、明辨是非、判断对错及洞察虚实的功能，则贪、嗔、痴、慢、疑常置心中，造成五毒攻心。久而久之，病于内而形于外，就如同失去生命力的鱼儿一样，外表美丽但生命短暂。

"哀莫大于心死"，一个心灵不健康的人，即使能享受优渥、丰富的物质生活，仍是一个精神沉沦的人生。鱼儿需要过滤器来过滤水中的杂质，才能安全地生存下去，每个人又何尝不需要一个"心田过滤器"来净化我们的心灵呢？水质净化了，鱼儿才能健康地成长；心灵净化了，慧命才得以持续增长。

"心田过滤器"把污染心灵的毒素过滤掉，把适合生长的资粮灌溉于心田，导正我们的心念，使我们时时保有一颗清净无染的赤子之心。荒芜的土地长不出好的作物，纷乱的心田开不出智慧的花朵；"正觉"也者，人体之"心田过滤器"是也！

扫地扫屋角 洗耳洗耳根

每一个人都会有自己的生活习惯,由于习惯因长久养成而变成自然,所以自己难以察觉。如果是好习惯,则人生就会因为有好的生活态度,而有好的表现。如果是不好的习惯,则会因小习惯养成小习气,太多的小习气累积则成陋习,陋习深重的人生,当然不可能有好的作为,生活也会障碍与苦厄偏多。

有些人说话大声吆喝,有些人约会常常迟到,有些人做事粗心大意,有些人喜好说长论短,有些人喜欢占人便宜,有些人心量狭窄自私自利,有些人则爱轻易动怒……太多太多的生活习惯影响我们的生活情境,甚至干扰我们的心境,但我们却懵懵懂懂浑然不知。由于自省的能力不够,不知其所以然,碰到际遇不顺利时,就常自以为是命不好,其实有时候并不全然是命运不好,而是"习性不好"。

缺少自省功夫的人有下列四种现象:一、死不认错;二、心认错口不认错;三、心认错口也认错,就是不改过;四、一边改过一边犯错。这是我们凡夫的习性,因为反反复复不定性,所以才叫做凡夫。有时候生活中的大小无常也跟我们的习性有关，因为无常来自意外，意外来自疏忽，疏忽则来自不用心。不用心也是一种习性，是犯错的根源。一个人会经常犯错，基本上有两个原因：一为经验不足，一为习性使然。"经验不足"需要用心学习，"习性使然"乃因不够用心。一个人如果凡事能用心投入，就是最好的学习，学习得愈多，能力就愈好，能力愈好就愈有信心，愈有信心就愈能承担，愈能承担就愈有成长，心智一旦成长，那就是"心灵的喜悦"了。

不要小看一个小小的坏习惯，不好的习惯不改，会变成积习难改，就像衣服脏了不洗会积垢难除一样。难改的习惯日积月累会变成习性，而习性会延伸成为个性。有人会说个性也有好和坏，好的个性叫做"本性"，坏的个性叫做"习性"。污染的习性叫做"个性"，清静的佛性就是"本性"。所以才说"人之初性本善"，因为刚开始没被污染，但是久而久之被环境污染了，日积月累就变成习性。因此，用本性来过日子，则因为做人单纯而充满至情至性。用个性来过日子，则常常与人性情不合，生活不会有好的情境。

日常生活中，人家看得到的地方，我们都比较注意；人家不注意的小地方，我们则比较疏忽。因为大多数人都重视外在胜过内在，重视形式甚于内涵。这也是凡夫的执迷和颠倒，因此，人们才会常说："从小地方看一个人。"因为小地方不易遮掩和被虚饰，它虽然不起眼，但却最真实。孔子说："视其所以，观其所由，察其所安，人焉廋哉！人焉廋哉！"意即："看一个人交什么朋友，看一个人用什么态度做事，再看看他是以什么心念来寄托人生。如此去观察一个人，则没有一个人是可以隐瞒的啊！"

"扫地"是扫心地，因为扫地时，一不用心就会忘了扫屋角，而屋角比较会藏污纳垢，比较容易疏忽。就如一味重视外表风光的人，他绝对无法专注内在的充实。"洗耳"是洗耳根，耳朵洗得很干净，但耳根却不清净；不清净的耳朵专听是非长短与邪知邪见，当然更不可能听到正法。我们的心真的不如我们的脚，脚脏了我们知道要洗，但心灵污染了，我们却不急着去净化，这就是人性的弱点与盲点。

生活中，如果"大错不断"，就要自省是否经验不够？如果"大错不犯"，但却"小过不断"，就要警觉是否习气使然？经验不够与习气使然均属能力不足，能力不足就要用心投入、用心体会。不论是大错或者小过，不论是习性深重或经验不足，只要好好从日常生活中去体验"扫地"与"洗耳"的人生哲理，我们会发觉，不管知不知其所以然，只要用心去学习，一切都不难。

# 老人赤子心

马六甲州有一位慈济的长期照顾户,名叫郑金龙。因其年纪大双眼失明又独居,志工们每月固定前往居家关怀,未曾中断。

初期,郑老伯独居在荒郊野外一间破烂的煤炭间里。在那大约只能容纳一张单人床的阴暗狭小空间,进出没有门板还需弓着身体,地面满是煤渣。四张破凳子上置一片旧门板以为床,旁边有一台破旧不堪的小收音机。屋里的蜘蛛网四处张结,屋顶以破旧铁皮覆盖,这就是郑老伯的家。

他两岁时双眼即失明,因长期挑井水供应路边咖啡店以赚取三餐,而练就一身硬朗的体格。鉴于郑老伯的居住环境过于简陋,加以年逾七十又孤苦无依,慈济功德会评估后,决定为他建造一间新板屋。"爱的小屋"建造于煤炭间旁,于一九九三年三月完工。

隔年九月,慈济举办了一场联谊会,几位长期照顾户能以贵宾身份列席,莫不欣喜万分。郑老伯也在慈济人的鼓励下参

与并上台道出他长年以来的心愿。他说:"我希望能活到五百岁!"那时我们都很惊讶也很疑惑:"为什么一个从小双眼失明的人,他的世界是一片乌黑,然而他却想活那么久?"这是我第一次听到有人说要活到五百岁,心中的震撼和疑惑自不在话下。

慈济长年来的持续关怀,让每一位照顾户与慈济人犹如一家人,郑老伯也不例外。他经常会在发放现场为大家高歌一曲。在三年前的一次发放现场,郑老伯在唱完歌后,向大家说出他的"新愿":"我最大的心愿是希望能活到一千零五岁!"我当众问他:"在您的世界里,看不到亮丽的色彩,为什么您还想活那么久?"他说:"虽然我看不到世界,但我还可以'听'世界啊!"好一位"眼盲心不盲"、心上无痕、能用"耳朵"来"看"世界的人间菩萨啊!

一九九九年中的一次现场发放,他上台对着数百位照顾户、慈济人以及来宾们很正经地说:"上次我说要活到一千零五岁,那天讲错了,应该是一千五百岁。"大家又是一阵哗然。下台时我前去搀扶他,他对我说:"刘师兄!我认为其实人只要不生病,把身体照顾好,要活到一千五百岁应该没有什么问题。"风烛残年的老人,能有如此丰富的赤子之情,已属不易,而对一位已眼盲七十多年的老人来说,还能对人生满怀憧憬,对生命充满希望,这是因"眼不见为净"而心地光明,实在令人感佩,也令人羡慕。

在二〇〇〇年的慈济第七十六次发放现场，郑老伯在几位师兄的搀扶下上台"演讲"，他手握麦克风，神情自若地说："哪一天我要去荷兰（往生）的话，我希望放在屋子里三天，然后再火化。火化之后，请慈济师兄师姊把我的骨灰撒在马六甲海峡！跟阿海一样！"（阿海是无亲无故的慈济照顾户，往生时慈济人以此方式为其处理后事）哪是演说？分明是在交代后事，我陪伴在侧，立即给予承诺："郑老先生！您怎么交代，我们就怎么照办，请您放心！"

造化弄人，有人生来即五官不全、四肢残缺，或心智障碍，以致发愿早日往生、以求解脱。有人生长在优渥环境，却福中不知福而哀怨一生，以致身体健全但心灵残缺。佛陀的弟子阿那律，因精进用功而致瞎眼失明，但却因此证果，成为"天眼第一"。郑老伯虽然双眼失明却"眼根清净"，造就心地一片光明，在大庭广众前谈生论死而安然自在，此为眼盲心不盲、身残心不残的最好见证。不像有些人好手好脚却不懂得做好事走好路，那才是真正的残废。

与其用我们犀利的双眼，看别人的缺点或看别人不顺眼，倒不如学学郑老伯的眼根清净，也借此警惕自己——用清净的心观看万物，则万物一片清新；用宽广的心去包容众生，则众生皆成贵人。此犹如证严上人所言："用眼睛'听'，用耳朵'看'，万法归一，求其用'心'而已。"

"忙"与"盲"

常常听到有人说"借着忙碌的生活来忘却烦恼忧愁",或"借着勤奋的工作来忘记不愉快的过去"。所以,不管是否忙得有意义,至少它是打发时间,以时间换取空间的一个好方法。因此,"忙"也是一种方便法门,如能积极地"为工作而生活",而不是无奈地"为生活而工作",则这种"忙"是有理想、有原则的,生活及工作更会有重点,这种"忙"甚至可以称为一种"生活艺术"。

当我们为工作或理想而忙碌时,我们是在做自己生命的主人;如是为人群而忙碌,则有限的生命更得以升华为不朽的慧命。相反地,只是为了让自己的生活好过一点,或者为了名闻利养及五欲六尘,虽然外表也是在忙,但因"为生活而忙",所以必定忙得很无奈,更别谈在忙碌中主宰自己的人生。

一个真正忙碌的人,他没有时间去批评别人,没有时间去说长论短,也没有时间去看人家的缺点,因为他还有更重要的事情要做,例如帮助那些能力不足的人。所以,当日子忙得很充实时，可以体会到"一忙除数害"——忙得没时间生病，没时间说是非、听是非、传是非，也没时间逛街，甚至忙得忘却一切的烦恼。

俗语说："忙人无是非。"那是因为真正忙碌的人，白天太忙不方便谈是非，晚上则太累没精力说是非。不过，我们仍要时时自我觉察"因何而忙"。忙得有目标、有重点、有意义，这才是真正的"忙而不盲"。一个人如果能忙得很欢喜，也忙得无悔无怨，自然能将忙碌后的辛苦化为成长的喜悦，一切的辛苦转化成幸福，此即"法喜"，也就是生命力。

有人因忙碌而盲目，在醉生梦死中忙着及时行乐；有些人因忙着吃喝玩乐，而在不知不觉中折福造业；也有些人忙着让自己的外表风光，但却解脱不了内在的痛苦。因此，日常生活中，如果稍一不察，我们就会因"身忙"而"心乱"，导致"事繁心也烦"，造成在忙碌中迷失方向，不知为何辛苦为何忙，这就是"无奈的人生"。

如果"不知为何而忙"就表示人生已经迷航，失去目标或目标飘移，如此纵然忙碌一生，也可能是努力在做错的事。所以，在忙碌之际，维持生活简单，确保目标单纯，才是让自己不致"因忙而盲"的最有利支柱。因为生活简单才会自然，自然就是美；目标单纯自然专注，专注才有力量。

"单纯"不是头脑简单或愚昧无知，而是有条理、有原则、有重点，甚至是"一心一志"或"一门深入"。忙碌一生于无谓的追求，即使追求到了，仍不快乐，这是因为有努力的程度，却没有努力的方向。失去方向的忙碌，最终不过是让自己落入名利与物欲的轮回中，心灵依然匮乏，人生还是不快乐。

证严上人慈示："看得开的人，就会应用其所有，忙忙碌碌地做菩萨。看不开的人，只会享受其所有，庸庸碌碌地过一生。"一样的忙碌却有不一样的心境，有人忙得满心欢喜，有人忙得哀怨无奈。"耐劳容易，耐烦难"，人不怕忙，只怕烦。忙碌的生活中，更要警惕自己，随时调整正确的处世心态，也要随时匡正明智的治事观念。"身忙心不忙""身累心不累"，那是因为"事繁心闲""忙而不乱"，一切都是"从心开始"。

多承担 少负担
生活则轻安

有一次,慈济在马来西亚吉隆坡举办志业九周年回顾展暨义卖,负责义卖盆景的师姊将仅剩的一盆托我带到马六甲静思堂。盆景中有石头假山,石缝中有一棵棵的小树,其翠峦层峰,其诗情画意,让人如入仙境,令人陶醉。

将盆景置于静思堂楼梯间的向阳平台上,由下往上仰视,犹如置身于耸入云霄的高峰中,煞是好看。由于盆景是人工栽培,石缝中的小树需时时给予水分;因为置于室内,所以必须每日小心灌溉,以防缺水干枯或多水外溢;同时必须数日更换其角度,让盆栽四面向阳,平均成长。

原本让人赏心悦目的盆景,在繁忙的慈济工作中,却成了拥有后的烦恼与负担。担心的是人在异地无法适时给水,烦恼的是人在忙中必须记住为它浇水。小小的一个盆景,左右了原本自在的生活,因为"拥有"而产生负担。因为各种负担逐日累积增加,使我们身心无法轻安,日子过得很苦恼。

其实，欣赏不一定要拥有，生命中最有意义的是"懂得欣赏"，而不是拥有，真正的拥有也不是"自己享受"，而是"与人分享"，这是生活的态度，也是一种生活艺术，更是生活的智慧。

生活中要减轻负担，就是生活要简单一点。生活简单之后，我们会发现有许多东西是我们不需要的，甚至不必去拥有。但是很多人却毕其一生，铆足全力、费尽心思在追求，也因为多欲、多求而衍生烦恼。生活中实际需要的不多，但想要的却很多，这是人类贪婪的习性，一日不克服就有一日的烦恼。简单的生活会让我们创造出知足的空间；相反地，拥有太多或欲望太多则会丧失知足的空间。生活简单，无形中就减少许多身心的负担；负担减轻，日子当然过得愉悦。

然而"减轻负担"只算做对一半，另一半还需"加重承担"。"加重承担"就是多做一点公益，别人不做的我们拿来做，别人不会做的我们做给他看。简单的留给别人做，困难的留给自己做，这样我们会得到更多学习的机会。有形的承担因为做得欢喜，所以不会感觉沉重；无形的负担因为心灵压迫，所以让人无法轻安。勇于承担的人因为时时接受考验与挑战而踏实成长，精神生活也因此向上提升，日子当然过得轻安自在。

我们常说："佛在心中。"同理，庄严的道场不在佛堂里，是在心中。所以美丽的风光不在风景区，它在我们的心里，我们又何必往外求？美丽的盆景是个事相，再美也没有内在风光来得美。盆栽会枯萎，山河会变色，但是内心的湖光山色却永远庄严秀丽，因为它是每个人内心深处的"心灵桃花源"。

做自己的贵人

游戏人间

我们常会形容一些修道有成,对是非烦恼不计较,对名利财富不攀缘,对五欲六尘不执著的修行者为菩萨"游戏人间"。他们遵循生命的游戏规则,过着恬淡简朴的生活,可轻易看破、放下顺逆境;以自己所写的剧本,在人生各阶段扮演着不同的角色,而且演得生动称职,此即所谓"菩萨游戏人间"。这是觉有情的生命态度,也是洒脱自在的美妙人生。

有一次,我陪一位在夜间餐厅驻唱的歌手,前去精舍拜见证严上人。她问上人:"我每天虽然穿金戴银,打扮得光鲜亮丽,但是总觉得精神不振,缺乏元气,原因为何?"上人回答:"你的生活日夜颠倒,阴阳颠倒的人生如何能过得自在惬意?"这位歌手被上人一语道破而恍然大悟。生命有生命的自然法则,日出而作,日落而息,谓之"生活作息"。生活作息有规律的人,就是自律的人。因为会自律所以会自我约束,生活步调自然井然有序。因为有秩序,所以身心不会纷乱。反之,人生失去规律,言行失去准绳,生活必然是旋乾转坤、阴阳不调,如此身心当然无法轻安自在。

由于做慈济，常有机会进出一些大小医院。常在外科病房中，见到许多因飙车而出车祸的年轻患者，这些血气方刚的年轻人，把原本是交通工具的摩托车，拿来当玩具，本来想要当众"了不起"，结果乐极生悲变成"起不了"。这不是游戏人间，而是"玩弄生命"，伤了自己，也连累家人。尤有甚者，酒后驾车出事，不但车毁人亡，更伤及无辜，甚至影响几个家庭的幸福。

动物有生命的自然法则，植物也不例外。含羞草以一开一合的特性，进行光合作用，但如果我们肆意碰触它，让它受刺激而紧闭，等它叶面再张开时又碰它，如此接二连三，把自己的快乐建筑在含羞草的生命法则上，事实告诉我们，最后含羞草就会被玩死。动植物的生命法则不可违背，万物之灵的人类何尝不是如此？

"游戏人间"是与人无争，与事无争，对人我是非不计较，遭遇顺逆境时能对境无心。换句话说，就是处顺境不得意忘形，处逆境不怨天尤人；在生命的角色里，无论是主角或配角，或是扮演观众，或仅仅是一个不起眼的道具，均能敬业乐群、用心投入，演什么像什么。因为敬业乐群、用心投入，所以除了庄重自己，也懂得敬重别人，这样的人生才会"敬人者人恒敬之"。

"玩弄人生"则是玩世不恭，过着晨昏颠倒、醉生梦死的日子，却误认为是幸福快乐的人生；一直到福尽悲来，无常示现，才彻底醒悟，但往往已付出沉痛的代价。虽然人间有许多浴火凤凰的感人故事，俗语也说："浪子回头金不换。"但我们却难以预料，是否"再回头已是百年身"？

凡夫常常"后悔过去，迷惑现在，担心未来"，这是因为过去该做的事没做，不该做的事却做了一堆；该认真面对的我们疏忽了，不必认真看待的我们却耿耿于怀，甚至久藏心底、永生难忘。也因为过去不正确的判断及不堪回首的经验，让我们对未来失去信心；这就是凡夫的心态，也是人性的弱点。

信心要重建，唯有从基本的生活做起，调整规律的生活作息，培养正确的生活态度。心正气盛则身心自然舒畅，身心健康则每天都可以欢喜做菩萨。既做菩萨，当然就要学习菩萨"游戏人间"。

单　纯

　　一九九三年十一月，我第一次造访静思精舍后，即积极投入慈济工作。那时，内人及一些志同道合的有心人从事济贫工作已有一段时间，同时由济贫而延伸出来的环保、儿童班、文宣制作、各种大小会议及一九九四年四月开始的现场发放，都是使用我的工厂或办公室里的会客厅及样品间来作为活动场地。虽不尽合适，但总比没有来得好。

　　一九九四年年底，眼见慈济活动日渐频繁而对营运中的制衣厂造成困扰，我因此衍生在工厂旁的空地上兴建慈济会所的念头。我将此构想禀告上人，也向上人分析，如以目前我积极推动志业的速度来看，一年后将会碰到空间使用的瓶颈，不但影响我的工厂正常运作，慈济活动也会因缺乏场地而会务停滞。

　　看我满腔热忱，并过目土地位置图及相关相片后，上人慈允我兴建会所。自此，我经常返台请示上人有关慈济建筑的理念，并与上人讨论平面配置及使用功能等设计图样，每次都从上人的睿智中得到许多灵感与启示。就这样在台马之间来来往往了一段时间后,有一天我把再度修改后的建筑图样最后一次恭呈上人,以求将工程设计定案。记得那次是在台北分会,上人仔细阅图后,表示应允,但却突然问我:"刘居士!你知不知道我为什么让你盖会所?"我回答:"现在不盖的话,一年后会务推动将会碰到瓶颈,这是现在就可以预见的事情。"上人答道:"不是这样,我是看你单纯!"

彼时,我不甚了解,为何可以兴建会所的原因不是"空间不够",而是因为"单纯"?单纯与否与兴建会所有什么关系?明显地,上人所言饶富禅机,其思考的模式与智慧的判断与我们凡夫俗子迥然不同。

一九九六年二月,静思堂动土典礼当天早晨,一阵大雨过后,工地上空一道彩虹高挂,这是从来没有过的事。十时,破土仪式开始,艳阳高照。一九九七年五月,建筑面积三千多平方米的静思堂正式落成启用,自此成为慈济志业在大马推动的据点。

回首当年,上人一句"看你单纯"的开示,实是寓意深远。那时,我投入慈济才两年,对慈济的理念及上人的精神仅处于启蒙阶段,加以修行是发心容易恒心难,谁也不晓得我的一时发心能维持多久,而且也未曾有人慈济志业才做两年就想兴建会所。只凭着与上人的"知心相契"及上人精神的感召,我怀着一股冲劲与热忱想兴建会所。彼时,我未曾替上人设想,挂上慈济招牌的偌大会所，万一精神理念偏差而让人诟病要怎么办？万一做到半途生起退转心怎么办？我只是单纯地想着上人的教诲——取之当地、回馈当地，以及既然要做，就要一门深入、一步八脚印，让老有所终、壮有所用、幼有所养的人间净土随现眼前，如此就必须拥有一个庄严的菩萨训练场。因此，我单纯想兴建会所，而且意志坚定，一定要把它建盖起来。

"单纯"不是头脑简单或愚昧无知，而是有目标、有方向、有重点，但却没有心机。"单纯"也是直心、真心、大悲心。心地单纯的人比较容易启发身心及情绪上的潜能，也比较有赤子之情，这样的人也比较能够"游戏人间"。"游戏人间"就是烦恼挫折放得下，人我是非不置于心中，才能以单纯的心念待人处事。

凡夫容易遇缘生心，会将原本单纯的境界，看得很复杂，那是因为我们的心不单纯。所以当环境或人事复杂时，最好的解决方法就是"让自己保持单纯"。单纯的人才会将复杂的事情简单化，如此才能大事化小，小事化无。佛陀说："触事无心难"，但只要我们心地单纯，则化繁为简一切都不难。

"心地单纯"才会一心一志、一门深入。"目标单纯"才能勇往直前、专注有力。上人一句"看你单纯"，如醍醐灌顶，深植我心，也时时让我反观自省——唯有继续保持单纯，人生才会越走越宽广。

第一次

有一次,台北静思读书会的师兄姊一行四十多人,前来马来西亚进行读书会的见学之旅。由于是游学性质且是"第一次",因此旅程中安排了"上山"及"下海",去北部的金马仑高原,也到南部的迪沙鲁海边。为了了解读书会如何在旅程中"见境学习",我放下身边的工作,偷得浮生半日闲,从马六甲一路陪伴这些师兄姊,也开启我的"第一次"见学之旅。

原本以为读书会是在室内严肃地用心阅读,但经过"第一次"的交流后,深获启示:读书重在"启发",不只寓教于乐,而且也可以到处潇洒走一回。只要有心学习、深入体会,则道场不只在佛堂,也在生活中、工作中,甚至就在我们的心中。同理,读书或学习做人,不只在学校或课堂的书本中,也在人群、日常生活中,当然更应该在心中。

离开马六甲前往迪沙鲁海边,带着学习的心态,我"第一次"在旅游巴士上上课,领队许荣祥师兄温文儒雅,他以"亲切的呼唤"及"柔柔的关怀"来带队,居然也能把小自七岁大至七十四岁的见学团带得"服服帖帖""团进团出",堪称领导统御有妙法。在漫长的旅途中,有别于一般的旅行团,大家不是在车上唱着靡靡之歌或昏睡,而是一一与众分享前一站之见学心得,团员们更是尊重专注地聆听。由于气氛凝聚、知心相契,分享者也能侃侃而谈,在谈到内心深处时,大家因感动而热泪盈眶。当谈起此番"第一次"来马的点滴感受时,大家法喜充满溢于言表,气氛温馨与真情流露,让人印象深刻。

傍晚时分,一行人入住海边的度假旅馆,遥望宁静浩瀚的海洋,让人备感心胸开阔、心旷神怡。在师兄姊的邀约下,一时兴起,与大家玩起沙滩排球,这也是此生"第一次",但却从中体会"团队共识与默契"对团体成长的重要,也深深自觉证严上人期勉人人要合心、和气、互爱、协力的用心良苦。

用过晚餐后,天色渐暗。夕阳无限好,不是"可惜近黄昏",而是"必须近黄昏",不近黄昏哪来夕阳?"近黄昏、赏夕阳"乃一大乐事,何来"可惜"之有?它启示我们,人要正向、乐观。入夜后,海边灯火微弱,一行人海滩见学,或坐水边"听涛",或躺沙滩"摘星",海边观景过去曾有,但用心聆听海浪声,用心仰视天空繁星,如天人合一的贴近感觉,则属生平"第一次"。

海浪后浪推前浪,不是"前浪死在沙滩上",而是"前浪后浪相激荡,相偕一起到彼岸"。它启示我们生命中虽然人才辈出,甚至青出于蓝更胜于蓝,以及别人难免的无心之过,我们都要学习大海的包容与接纳,更要学习大海的沉稳与冷静。天上繁星不论寒暑,坚守岗位,恪尽职守,虽然光度比不上太阳,但它们依然尽责团结一致,发挥自己的光芒去众星拱月——成就月亮,让宇宙更美丽。

回台的前一天,读书会的三位师兄,有感于"第一次"来马,"第一次"目睹大马慈济人虽与上人不能朝夕相处,然心相牵系,被彼等精进付出的精神所感动,及在随行慈济人的激励下,遂于是日早上,于分会静思堂的大门处,举行温馨庄严的小落发仪式。三位师兄因感动而"第一次"落发,我也是"第一次"拿电剪帮人剃发。在行程紧凑未刻意安排下,三位师兄剃掉了三千烦恼丝。正当大家齐声高唱祝福歌祝福他们时,才发觉当天正巧是"慈济医院十五周年庆",花莲也正举行庆祝活动。让人深感因缘之殊胜与不可思议。因此,我以四句偈语敬赠三位师兄:

> 十方法亲缘一家
> 首度相逢马六甲
> 心动虔诚来落发
> 当记永不退转愿已发

"七十而惑"

某一天下午,一位女儿带着年近七十的双亲,前来静思堂与我会面。

言谈中,得知她的父亲经营工厂数十年,原来稳若磐石的事业,由于近几年来的经济萧条,而呆账累累、亏损连连,以致事业陷入危机,被法院判决破产,所有不动产与机器设备皆由贷款银行接管。女儿希望在处理庞大的债务过后,年迈的父母亲能从此退出商场,一方面投入公益做慈济、滋润心灵,一方面也可以含饴弄孙、安享天年。由于女儿是慈济会员,便主动为父母安排晚年的生涯规划,让父母能失之东隅收之桑榆,在山穷水尽之际找到生命的芳泉。

她的母亲木讷慈祥,几十年来陪着先生过着"看厂的日子"。她的父亲是一位劳碌型的工作狂,从早到晚工作,工厂就是他的生活圈子,"黝黑的肌肤,加上满脸岁月的痕迹",印证了女儿所言。由于一生心血毁于一旦,父亲的心情郁闷溢于言表,他说他不能没事做,必须让自己保持忙碌。我因此告诉他,我投入公益之后，比以前经营事业时更是忙碌，但这种忙与经营事业的忙却有"不一样的心境"。我劝他同样的忙碌就要"忙得欢喜"，切莫"忙着烦恼""忙得无奈"。在"不逾矩"之年，遭逢事业危机，让人生有了更好的转机，转机反而让我们看到生命的新机，这未尝不是一大契机。希望他从这个角度，去寻找希望的曙光。

我也劝他，七十岁了，辛苦了五分之四的人生，是否也该"从心所欲，不逾矩"，考虑"为理想而忙""为工作而活"。过去的日子是为生活而工作，那是大多数人的心境，也是无奈的人生。如今，要为自己而活，做自己生命的主人；这就是"生命的新机"，也是黑夜过后的一道曙光，更是暴风雨过后的彩虹，需以正向乐观的心态去面对。

"如果现在才四十多岁，则没有第二个选择，即使有中年危机也须全力以赴，东山再起，为家庭继续打拼。但已七十高龄，人老力渐衰时，应趁着身体还健康，赶快转换人生跑道，带着怡然闲适心情，每天快乐地出航。"

然而事业失败的打击令他心田纷乱、思绪不清，一句句激励的忠言，震撼不了固执的个性。女儿苦口婆心，劝他不要再妄想过去，只规划未来，无奈他仍以坚定的语气频频说道："我希望从小做起，东山再起。"一家人都因为他的看不开、放不下，而陷入愁云惨雾中。

夕阳西下的黄昏，我站在静思堂的门口，凝望着一家三口蹒跚的步履，及他们黑色的背影，心中生起一股莫名的感触。感佩于这位长者老而弥坚的毅力与勇气，赞叹女儿的孝心与智慧，但也深深为这位长者的"七十而惑"感到不安。人都是因看不破、放不下而烦恼满心，也皆因看破、放下而找到生命的喜悦。

孔子说："三十而立，四十而不惑，五十而知天命，六十而耳顺，七十而从心所欲，不逾矩。"道尽每一个人在不同的人生阶段里，要为自己的慧命，设定努力以赴的目标与准绳。不惑之年仍迷惑，从心所欲之年依然心不由己，这也是一种不幸。唯有"转疑成悟""转识成智"，方能开启我们生命中的"不惑之窗"。

破 茧

有一次，我在一个慈济据点与慈济人进行心灵交流，每一个人都将自己投入志业后的法喜或心得与众分享。其中有一位五十多岁的新发意菩萨，向大家分享她参与慈济一年来的心路历程。

她的丈夫不务正业又脾气暴躁，三十多岁的儿子嗜赌又酗酒，而当父亲的每每在儿子言行过分时即以恶制恶，以致家庭气氛长期充满冲突与暴戾。在如此风声鹤唳的居家情境里，她逐渐感觉活着只是一种折磨与痛苦，生活中的每一个日子都极端无奈与死气沉沉，令人度日如年。她开始思考，想以自杀方式自行了断，以解脱长期的身心桎梏。

正当彷徨于生命的十字路口时，有一天她看见一群身着蓝天白云的慈济志工，在社区进行资源回收工作。得悉这群志工是以下班及周日的工余时间从事环保，将"垃圾变黄金，黄金变爱心"，她十分感动。在志工的真诚邀约下，她开始参与环保。在忙碌的资源回收中，她获得喘息的生活空间，也因身心及情绪的重心转移,在付出的同时,体验到"走出象牙塔"的满心欢喜。因为一个因缘而调整人生的航向,进而找到蜕变后的自我,重拾生命的信心。也因人生观的重新定位而让生命脱胎换骨,这就是展现生命力的"破茧"。

人们常因私情小爱不顺遂,而生活在痛苦的深渊里,这是为爱执著、为情所困。就犹如钻入牛角尖,愈是往里钻,愈不见天日,而苦不堪言。生命中,有时前进无路时,不妨试试"后进",因为地球的后面跟前面一样大,何苦一定执著向前进呢?"后退"会让人有挫折感,但"后进"却让人对未来产生新机与希望。后退与后进可能是同一条路,但却因不同的心念而决定不同的遭遇。

障碍与挫折的力量都来自自己,我们愈是理会它,它的力量就愈大。心理学家告诉我们,把心思与精神放在烦恼上,烦恼就会像被照顾的婴儿般日渐长大。反之,把眼光与心念放在未来的希望与目标上,则实现目标过程中的挫折与不如意将会变得微不足道。这种心念的转化是一种无形的力量,而这种巨大的力量却只是来自一念之间,这就是妙法妙用的不可思议。

这位师姊把握人生中重要的一个小因缘,因为一个因缘而改变一念,更因一念而改变一生。她在心得分享的最后说道:"因为参与环保,而体会证严上人的慈示:'在从事大地环保的当下,更要做好自己心灵的环保。'因为把时间与精神用在环保的修行上，日子不但过得忙碌而且有意义。几个月后我回首从前，发现原本轻生的念头，如今却因心念的转化及生活重心的转移，而忙得忘记自杀了。"所以说，让生活有意义地忙碌，也是一种因转移目标而扩大空间的妙法。

蝴蝶因为破茧而光彩艳丽、自在飞翔，春蚕因为破茧而产卵无数、丝留人间。"破茧"是新生命的开始，也是生命重要的转折。"破茧"是蝴蝶与春蚕成长过程中的蜕变，也是让生命生生不息的自然法则与定律。生命过程中，我们如果有能力时常解开身心枷锁的束缚，让自己能随时冲破难关、身心无碍，就有如蝶与蚕的"破茧而出"，创造出新的生命，那么我们的人生将会更富新机与愿景。这种生命力，其实就是让我们不断蜕变与重生的无穷希望。

阳台上的富贵花

年轻未学佛时,总喜欢追求物质生活的安逸,尤其钟爱奇花异草。有一天,到朋友经营的园艺店,看到满园的花卉,百花齐放,五颜六色,让我这位"花痴"心旷神怡,有如置身桃花源一般,心情快乐无比。

彼时,我看中一盆盛开桃红色花朵的富贵花——鲜艳欲滴,枝干挺拔,花叶扶疏,根茎在四周缠绕,体态婀娜多姿。用心一看,即知此盆栽是经多年用心栽培与照顾,且行情不低。当时凡夫心重,"想享有不如立刻拥有"。朋友见我对这棵富贵花情有独钟,他颇善解人意,以一合理价钱割爱给我。

原本在园中,四面采光,又有专人照顾的富贵花,如今被置放于公寓的阳台上,它失去露水的滋润,每天只有早晨短短两小时能受到阳光沐浴,最重要的是它的主人忙于工作而疏于照顾,只能偶尔例行性地浇个水,只为尊重生命不让它枯死。直到有一天,忙里偷闲,静坐在客厅,往富贵花望去,这才警觉,原本含苞待放、花开满枝的盛景,如今只剩一两朵勉强开着，花色虽仍桃红但已黯淡失色，不再鲜艳，失去生机。更严重的是，由于长期单面向光，有一大半的枝叶斜生向外，造成体态失去平衡，美感尽失。

富贵花因长期被环境影响而逐渐改变它的气色与花貌，人何尝不也是如此？多少人因为生活环境的影响而阴阳颠倒，失去人应有的形象与气质。富贵花因环境影响而生态失去平衡，此有如人的习性日积月累，小处不改而成积习难改，又因缺乏善知识导正而成不良的习性，终因萎靡不振而失去为人应有的形态。

人即使没有选择环境的权利，其实，还是可以成长得很好。因为，不能改变环境，就要尝试改变心境，改变心境就是改变心念，心念改变则人生改变。其实并不是人生真正改变，而是我们的人生观改变。此即："三千一念由心牵。"

富贵花的阳台位置无法改变，就如同我们生长的环境难以改变；虽然位置不能改变，但是方向却可以转变，富贵花的方向也可以转向。经数日用心调整，富贵花虽然无法每天向阳，但至少每周可以全部采光。人也一样，无论何时何地都要随时去调整自己的心念。山不转路转，路不转人转，人不转则心转。

富贵花终于克服了环境，在主人用心的照顾下，它不再倾斜，不再郁闷，也不再颓丧。经过适时地调整方向与角度，它终于振作起来,不但枝叶茂盛,而且色彩亮丽,重现了富贵花应具有的风采与形态,就像浴火凤凰,获得重生。人生何尝不是如此呢?"一念改变了一生。"

做孩子生命中的贵人

小民与小华是就读同一间小学的同班同学,他们的家也正巧在同一条巷子里的正对面。小民每次考试都是全班第一名,小华则每次都是最后一名。有一次,小民不小心考了第三名,小华因为稍微用功而考了倒数第三名。回家后,小民因成绩退步而被妈妈在门口鞭打着,小华则因成绩进步,坐在门口吃着妈妈奖赏的鸡腿。小华边吃边疑惑,心中纳闷地想着:"为什么小民考第三名还被打,而我考倒数第三名却有鸡腿吃?"这是现实社会中存在的一个事实,也是一种讽刺,它凸显了现今学校与家庭教育的盲点与落差。

由于社会价值观的偏差与误导,造成学校与家庭偏重孩子的学业成绩,也因此造就了一些很会读书但不会做事,或书读得很好但人际关系不好的孩子。因为"德育"与"智育"没有充分落实,以致栽培了一些观念不正确、思想不纯正的"危险的好孩子"。这是学校教育与家庭教育的隐忧,也是病态社会的隐疾,唯有老师与父母先导正自己的人生价值观,身体力行去改变自己的形象与气质，先"以身示教"，然后"教学相长"，才有可能称职地去扮演好"学生或孩子生命中的贵人"。

我的两个女儿自小就读美国学校，有一次因为女儿数学成绩退步，我与内人忧心忡忡地前往学校面见老师，老师却欣慰地告诉我们："你女儿的自信心进步了许多，这比什么都来得重要！"又有一次，女儿的某学科考得不理想，我们又去求见另一位老师，而她却满怀信心地跟我们说："学科虽有一点退步，但术科*的成绩考得非常好。"每次我们忧心地去见老师，每次却都安心地离开学校。想想，信心的多少与数学成绩有什么直接关系，体育成绩进步跟学科分数又有什么关联？这样的思考模式不可否认已存在于现今大多数的家长和老师心中超过一个世纪，甚至还停留在祖父母年代的模式中。

其实新世纪要有新思维，人文教育及人格教育都是生命教育的一环，掌握了它就掌握了亲子关系与师生关系，当然更能裨益于逐渐式微的人伦关系。正向积极的人文教育，应发觉孩子的优点，包容孩子的弱点，让孩子不会因偶尔成绩退步或功课不好而衍生自卑，并且永远对自己充满自信，连带也让身为家长的我们对自己的孩子建立信心。有信心才有力量，人生才会充满希望。这种人文思想与人文精神，是当今迫切需要的一

---

* 台湾的"术科"是指非国文、数学等学科，例如，美术、音乐、体育就是术科。——编者注

种"生命教育"。"以人为本"的生命教育,孕育出许多教育孩子的智慧,更是家长、老师陪孩子一起成长的必修课程。

举例说,孩子考第一名,我们可以教育他,要有:一、谦卑的心——胜不骄;二、分享的心——将自己学会的教导那些不会的同学;三、感恩的心——感恩班上每一位同学,因为他们考得不够好,才会让自己得到第一名。此外,还要时时自我警惕,考了第一名之后,随时都会退步。

如果,孩子考最后一名,我们也不必感到羞耻或绝望:父母或老师的绝望表情,会重重摧残孩子脆弱的心灵与尊严,让孩子永远失去重新出发的力量。此时,我们一样可以激励他:"孩子!至少你不会再退步了。""只要你继续努力,就会有很大的进步空间,爸爸妈妈永远为你加油!"这是一种"优点轰炸"逆向操作法,就是积极找出孩子身上的正面因素,借以开发孩子无限的智能与信心。哪怕孩子的缺点有一百个,优点只一个,如能持续激发、善用这唯一的优点,它将会是改变孩子一生的一粒种子。没有一个孩子是没有优点的,只是我们没有用心去找。当然,还必须要有"锲而不舍"的耐性及"永不放弃"的信念。

"天生我材才必有用",因为我们深信:树木花草往阳光的方向生长,人是往鼓励的方向努力。孩子不会读书没有关系,乖就好,不会读书又不乖也没有关系,健康就好。不会读书顶多是不能靠读书吃饭，但却可以凭一技之长及良好的品德去过幸福的一生。这就是观念的转化，也是生活的智慧。

有时候，孩子在人生跑道往前迈进的历程中，我们要扮演啦啦队队长的角色，给他们鼓励及肯定的掌声。有时候，孩子难免碰到障碍而跌倒，我们更要是一面墙壁，让他们有依靠但却不依赖，并适时观机逗教和勉励："跌倒了不是失败，跌倒了爬不起来才是失败。即使失败了，还要从中找出正面的价值与意义；只要存有信心、毅力、勇气，至少我们不会自暴自弃。"正面的鼓励会让人有力，负面的指责只会让人泄气。没有人会在不断被诅咒的情况下活出希望，更没有人会在不断被指责的逆缘中活出自信。

爱心、耐心、恒心会让我们滋生对孩子"永不放弃"的信念，敬意、谢意会让我们萌生"永不后悔"的意志。以此"三心二意"陪伴孩子一起成长，则会发现，我们不但是孩子生命中的贵人，同时也会感恩孩子让我们一起成长，并互为彼此生命中的贵人。

降低别人的标准
提高自己的水准

结束事业全心投入全职志工后,生活比起经营事业时更加忙碌,因此返台处理慈济会务,也是来去匆匆,常过家门而不入。不是无心回家探望两老,实在是时间有限,而志业工作繁重,以致身不由己。有时,硬是忙里抽空,匆匆返回基隆向父母问安,有时则是心有余而力不足。虽然如此,我与内人还是常常以越洋电话问候双亲,虽然相隔遥远,但心却相互牵系。

父亲心地善良、和蔼可亲,由于每日清晨爬山,练就一副硬朗的体格,年近八十依然健步如飞。母亲慈祥有修、慈悲为怀,潜修佛法已数十年。有时以电话向母亲问候,她会告诉我:"我最近看大爱台,有很多马来西亚的报导,你最近好像比较精进喔!"这样的对话,超越血亲,融入法亲,真是令人法喜充满。

有一次,由于事务繁忙,行程紧凑,只得在电话中向两老问候,并告诉他们:"这次返台只有短短几天,后天还要赶回马来西亚主持几个重要的会议,明天我会抽空回基隆看你们。"另一头接电话的父亲未等我说完,立即说:"我跟你妈妈一切安好,你不用操心,你这么忙就不要勉强赶回来,专心处理慈济的事吧!明天晚上,我跟你妈妈上台北去看你好了!"就这样,我们一家人在妹妹家里团聚。晚饭后,大家闲话家常彼此嘘寒问暖,近十点,两位老人家才一起搭公路局巴士返回基隆。我无暇返乡探望父母,但父母却配合我的行程,北上前来让我探望,真是令人感动!父子彼此惜缘,母子互相祝福,这是我们家温馨幸福的真实情节。

记得有一次返台,探望两位堂上活佛,甚具赤子之情的父亲,以开玩笑的口吻跟我说:"你做孝子,不是你特别孝顺,是爸爸妈妈很乖!"这句话令人莞尔,但却蕴藏很深的哲理与智慧。至今,我铭刻心版,永志不忘。

我与内人忙于做慈济,久久才回台一次,即使返乡也无法服侍父母,却已是两老心目中的孝子。可是我们也经常看到一些家庭,父亲或母亲长期卧病,不论为人子女以何心态来服侍,日子一久仍会落入"久病无孝子"之口实。我想,父亲说得对,是两位老人家乖,再加上我们没有让父母操心、烦心,所以没事就是好事。但是人总是会老、会病,甚至还会死,届时怎么办?其实也很简单,先不要管是"久病无孝子",或病多久还是孝子;只要想想,希望将来孩子怎么对待我们,我们现在就应该怎么对待父母。这就是"身教",更是因果定律。能这样想,就会知道该怎么做。

证严上人说:"不让父母操心烦心的孩子最有福。"上人也有慈示:"父母对孩子不要操心、烦心,要多用心。"我们是否对孩子要求太多而成为苛求,是否对子女操心烦心而让孩子成为别人眼中的不孝子,是否对子女期望过高而让孩子很痛苦。我们都是父母的孩子,同时也是孩子的父母,要如何把角色扮演好,慈祥的父母已经给了我很好的学习榜样。

"降低别人的标准,提高自己的水准"就是"待人以宽,律己以严"。我们因为宽待别人而有成人之美,别人因为我们的宽待而充满感恩。就如我的父母待我以宽而成就我当孝子,我们因为感恩双亲而不让父母操心烦心,这就是孝顺。"降低标准"是给人成长的空间。"提高水准"是给自己成长的目标。两者合而为一,人生航向一定"精准"。

先"静"后"思"再"语"

心直口不直

常听到有人说：“我这个人就是刀子口、豆腐心。”以此来辩护自己因心直口快而直言伤人，或自己的有口无心而伤人。虽然心地慈悲，但身行不柔软，叫做"心好但嘴巴脾气不好"，人家无法感受我们如豆腐般的内心，但却受尽我们如刀子般的利嘴。柔软的心是慈悲的本体，因此说："慈悲的人还不一定柔软，柔软的人却很容易慈悲。"

有人会质疑，既然心地慈悲，理应声色柔和、身段柔软才是，事实却不尽然，许多值得我们省思与警惕的现象常存在我们的日常生活中。君不见，有些人慈悲发心，时常进出佛堂寺庙——很爱念佛诵经做好事，但也很爱说是非。有些人很会行善，但却很会计较。有些人慈悲为怀，发心救济，却边做边发脾气，这就是："脾气、嘴巴不好，心地再好，也不能算是好人。"佛说人有二十难，触事无心难、睹境不动难，但我们发觉有时候要心口合一更是难，也正因为难，所以才叫做修行。

"心地柔软的人容易慈悲"是因为具备了慈悲的本质。有些人虽然没有宗教信仰，但却深具良知良能，不但心诚意正且了悟因果，所以应对进退、做人处事均能和言爱语、广结善缘。时常与人结好缘的人，一定乐于助人且能口吐莲花，付出的过程中因为心生欢喜，表现在外一定"和颜悦色""声色柔和"，这就是"柔软"。有些人发心做好事、付出无所求，但因执著落入事相，为行善而行善，而非为"修身养性"，因此很会做好人，但却不懂得好好做人，一边做好事，一边得罪人。此谓"有漏的功德"。

所以人要时时反观自照，自我检讨，是否"迷失真心"。《法华经》有云："迷失真心，流转生死。"意即要解脱生死，就要念念不离真心。《三十七助道品》亦云："一念含融三千界，守住最初一念心。"最初一念心就是初发心，初发心也就是真心、直心、大悲心。心中无弯曲之相谓之"直心"，直心是道场，直心是明心见性的唯一条件。简单地说，直心就是"单纯之心"。有了单纯之心，就不难启发赤子之情；赤子之心因无染著，所以容易柔软，心地柔软则易启怜悯之心。"心地柔软的人比较慈悲"，道理在此。

心里这么想，嘴巴也这么讲，叫做"实语"。心里想好事，嘴巴讲好话，叫做"说者发好愿，听者被祝福"。反之，心里不这么想，嘴巴却这么讲，叫做"妄语"。心里胡思乱想，嘴巴胡言乱讲，叫做"两舌恶口"。过度赞叹别人，巧言令色，言过其实,叫做"绮语"。有时明明心里不是这么想,却口无遮拦直言直语,逞一时之快而造成无心之过,此即直言而失言,当然不可能跟人家结好缘。所以佛经说:"开口动舌无不是业。"清楚地警惕我们:口业难修,要多说好话,少说是非。

"直心"是心地正直,不取巧、不圆滑。"直口"是说话太直,不圆融、不柔软。待人接物、应对进退,如能拿捏好"心"与"口"的分寸,做到"心行平等",则心意诚敬、说话谦虚,此即广结善缘的最好品德。

也谈静思语

马来西亚的报章曾报导几则校园问题,有老师打学生,家长打老师、打校长,也有校长与教师意见相左而形成冲突。此外,还有校园纵火事件及青少年吸食摇头丸的骇人新闻,及关心教育的读者,针对静思语教学而通过报章各抒己见。这些报导,让人看了一则以喜,一则以忧,喜的是大家已清楚看到教育问题所在,忧的是校园与青少年问题层出不穷且持续恶化,而我们还无法以有效的对策加以改善。

国家可以制定许多法律来制裁犯法者、保障守法者,学校也可以制定校规作为学生行为规范的准绳,并依此奖惩;但制裁或处罚是错误发生后的亡羊补牢,如何在错误发生前就给予人心导正,这才是治本。父母的希望在孩子,孩子的希望在教育,国家的希望在人才,而人才的希望也是在教育。教育功能不彰则人心偏差、乱象显现,教育功能发挥则能启发人性,让爱循环,使社会祥和。

在台湾或许多华人社会里,我们都读过《论语》,也读过

《四书》《五经》，很多人甚至可以琅琅上口、背诵如流，考试也考得不错，但总觉得所念、所学与现实生活无法完全契合。马来西亚的学校里，也有"道德教育"课，然校园与青少年问题依然存在，甚至有恶化趋势。几十年来，藤鞭扮演着推动教育的重要角色，它仍然持续鞭打在学生身上，而不是鞭打在不合理与不合时宜的教育制度与教学观念上，这才是让有识之士感到忧心忡忡的地方。

马来西亚的校园及青少年问题，与台湾过去乃至现今的情况大同小异：因经济突飞猛进，环境与物质的诱惑与日俱增，人们的心灵来不及通过教育洗涤净化，以致稍一不慎则心随境转，迷失真心。心灵的污染与腐化，其影响所及，导致世风衰败，道德衰微。不只青少年，即使为人父母或为人师表的大人们也会因一时疏忽、自律不严，以致身教不够而难以教化子女或学生。因此在当今五浊恶世，静思语犹如一股清流，通过许多有心人的力行化为身教，流向校园、家庭，甚至每一个暗角。

当它流进人们心灵深处时，句句智慧好话让人反躬自省、自我警惕，让浸润其中的有缘人从"心"改造，进而感化周遭的人，此即善的循环。

自小听了太多教条式的言教，现在是我们通过实践与力行来陪孩子们一起成长的时刻。静思语是立身行事的准则，也是做人处事的智慧，更是净化人心的清流，而不是宗教教义的阐扬。它可以学过之后再做,做过之后再学,如此两相印证,导正我们的人生观。他山之石可以攻"错",别人成长的过程我们可以借镜,需要的人学了受用,不需要者则随缘,一切没有对错,只是观念不同而已。法无高下,能对机就是妙法;药无贵贱,能治病就是良药。与其"有的放矢",不如"自我静思"。

教人教自己

几年来,时常带领教师们前往各中小学推动静思语教学,除了不断自我充实以外,也因接触许多学校与教师,而了解不少教育问题与亲子问题之所在。更由于推动静思语需自己身先士卒,因此在亲身体验后,发现无论要改善教育问题或亲子问题,甚至要改变自己,都可从静思语的精髓与理念中找到妙法与妙用。

静思语教材都是做人处世及导正人心的智慧法语,没有宗教的敏感问题。然而,即使是一帖良药,也必须我们本身没有抗药性,才能按照指示服用,依个人体质调整药剂与药量,如此药力才会见效。使用它,只能叫做"方法",妙用它才叫做"妙法"。

教育的理念着重"因材施教"及"观机逗教",但是不管怎么教,必须先从自己教起,自己都无法教育自己,如何去教育别人?改变自己叫做自救,再去影响别人才叫做救人。老师教导学生或父母教育子女的"身教",是最贴切、最有效的教材。

一个身教不好的老师或父母，绝对不可能把孩子教育好。更何况天下没有教不好的孩子，只有失职的老师和父母。

以"不言之教"去行"无声说法"，换言之，就是以身体力行去塑造身教，然后才"说我所行道"，这才堪称是教育人子的"妙法"。并非否定言教，而是强调"言行并重"；就好比生活要有生活的本质，生命需有生命的价值观一般。有正确的观念就等于掌握正确的方向，方向正确就不怕目标偏差，目标正确就不怕路途遥远。因此，正确的教育观念要先确立，我们的下一代才有希望。

"做经师易，做人师难。"教别人或讲别人很容易，但是要自我教育或要求先改变自己则很难。每个人都很会去看别人的缺点或很会指责别人，但对自己的缺点却视若无睹，甚至很容易找借口原谅自己。殊不知为自己找借口的人永远不会进步，而且我们往往也从原谅自己的那一刻开始懈怠，严重时更会从懈怠的那一刻开始折福造业。

在从事教育志业及推动静思语教学的经验中，我感觉最难教的不是学生或子女，而是老师和父母。因为，孩子的叛逆或顽劣只是生命中的一段过程，我们每一个人都曾经是青少年，也曾经有过叛逆的经历，但它只是外相，孩子的内心其实还是十分单纯的。反观我们大人，在红尘滚滚中被污染了几十年，撞得头破血流、伤痕累累，在身心俱疲之际才想到要来"漂白",目的是要找回迷失已久的赤子之心,也就是"本性",这种动机就是修行的开始。如果没有这样的动机,人生可能继续迷茫;迷茫的日子很难创造新机,缺少新机的生活当然更不会有朝气。每当我在演讲中提出此观点与见地,台下的家长或老师们会先一阵哗然,然后莞尔一笑,可能是扪心自问之后心有同感吧!

生活中,有时候我们会看不喜欢的人不顺眼,甚至别人无心犯错,我们却有心拿别人的错误来惩罚自己,让自己因此动怒生气,这就是"看别人不顺眼是自己修养有问题""生气是拿别人的错来惩罚自己"。有时候,人群里的一些芝麻小事或人我是非,我们也会"人家无心讲,我却有心听",然后牢记在心,永志不忘。如此在自己的心田中种下无明草,生活当然是"心肝乱纷纷"。要让生活有闲情逸致,就要学习"人家无心讲,不要有心听。人家有心讲,更要无心听"。如此"对境无心"则需要下过一番苦功夫,经过一番寒彻骨,方能得来梅花扑鼻香。

《静思语》的内涵充满立身行事的准则及做人处世的智慧,这是它的精髓所在。而其充满人文思想的教育,如今化成一股净化人心的清流。台湾的几所大学已有"慈济人文"的选修课程,我们虽然早已毕业,也修过很多的学分,但是复杂又充满陷阱与诱惑的社会大学,却让我们感到"学然后知不足"。

社会乱象及人心虚靡，深深警惕我们，稍一不慎就会成为莲花下的污泥。但是，如能以《静思语》的智慧好话或古圣先贤的人伦哲理来"自净其意"，行有余力再"自觉觉他"，则我们每一个人终有一天都会成为"莲花上的觉者"。

读经、解经、再行经

记得以前念高中时,《四书》里的《论语》——这本至圣先师孔子的儒家学说代表作,不但是必读,而且更是必考。老师要大家上课的时候专心听讲,如果考试时以坊间参考书里的译注来作答,老师就会扣分。因此,上课时同学们个个奋笔疾书,唯恐漏掉重要的地方,课本上总是记得密密麻麻。犹记得,每当有《论语》小考时,教室里"子曰……子曰……"的朗诵声此起彼落,大家都把《论语》背得滚瓜烂熟,也把老师对每一句的白话文解释牢记在心。

离开高中时代,已有三十五年光景,自大学毕业踏入社会迄今,比较常见的一句经文,是丧宅或报章里刊登的挽联——"高山仰止"。过去琅琅上口的圣贤语录,随着不再考试而束之高阁,甚至忘得一干二净。很多人只知道以"高山仰止"来追思亡者,却不知此句出自《礼记》的"表记篇",甚至也不解其意为何,更甭谈妙用在日常生活中。

生命中的第四十二年有幸接触《静思语》,才恍然大悟,稍微懂得做人处事的道理。曾经有人请示证严上人,为何很少对众讲经,上人回答:"不是不会讲经,而是经文太深,怕讲了大家听不懂。"并说:"在慈济里没有明显的佛法。"仔细探索上人的修行理念,无非就是告诉我们——"佛法生活化,菩萨人间化"。证严上人将艰深难懂的佛经化为句句发人深省的静思语,让我们易读、易懂,也能将之实践在日常生活中。这也是佛陀谆谆教诲弟子、时时提醒强调的修行次第——"信解行证"。如能了解"圣贤所说道",也能力行"圣贤所行道",这就是令人满心欢喜的"觉行圆满"。

想想,一句简单的静思语——"理直要气和,得理要饶人",容易念,也容易懂,而我们却不容易做到,更何况艰深的经文及难懂的文言文。佛法与圣贤语录充满人生哲理与处世智慧,如要将之落实在生活中,让人人身心净化,除了念经、读经之外,还要将经文中所说之道理用手做出来、用脚走出去。这就是为什么许多国际间的大小灾难,及许多黑暗的角落里,常常见到慈济人闻声救苦的菩萨身影。

大藏经不是在藏经阁里,而是在苦难与大爱交织的有情世界,更是在活生生的日常生活中。如果经文只是用嘴巴宣讲或诵念,那只是停留在思想的层次;把它美善的意境与深奥的内涵通过力行,化为"手做好事""脚走好路""身行好事"及"心想好意",这才是通过实践,将经文里的人生哲理落实在生活中，继而化为生活的智慧。用念的很容易忘记，用做的才能体会深刻。用念的只是问路，用走的才会到达目标。此即所谓："经者，道也；道者，路也。"因此，读经还要解经，念经不如行经。已经知道叫做"了解"，了解之后付诸行动，从行动中彻悟真理，这是"体解"。佛经中的回向文有云："体解大道，发无上心"，即是此意义。

如果不解经也不行经，只是爱读经，这也未尝不是好事一桩。诵读四书五经，可以训练我们的记忆力，也可以激发我们的脑力。以前念高中时，如果没有考试来逼我们背诵，今天我们哪知"高山仰止，景行行止，虽不能至，然心向往之"等经文。但是，如果能读经、解经再行经，我们就会懂得从《礼记》的这句嘉言，去学习古圣先贤，景仰并赞叹别人如高山般的德行与人格，同时也才会因此而自我鞭策。如《论语·子罕篇》所说："子绝四——勿意、勿必、勿固、勿我。"意即孔子没有以下四个毛病：不凭空猜测、不绝对肯定、不固执刚愎、不唯我独是。

故知读经之后，再从解经中去效法先人，继而从身体力行中去体悟经中之义理，如此才是"知行合一""解行并重"。它能带给我们的心灵成长，必定是"智者不惑，仁者不忧，勇者不惧"。

先"静"后"思"再"语"

有一年,我回花莲静思精舍向证严上人请示会务,因为马来西亚将举办志工生活营,需要台湾本会支援讲师,因此言谈间我也向上人提及此事。上人慈示:"台湾慈济委员人人十分忙碌,为长久计,海外慈济据点除了取之当地、用之当地之外,尚需自力更生、就地取材。"语毕,我听上人语气似有些许意见,为了不让上人为难,我马上说道:"我是想既然回来了,就随缘争取……"话尚未说完,上人立即当头棒喝:"不对!你如果随缘争取,我就随缘给你(讲师)。"并说:"你应该要全力争取才对!"这句观机逗教的开示,至今言犹在耳,时时警惕自己"说话要多用心"。

人生中,很多事因为智慧不足,加上决策草率没有"三思而后行",以致一步错而千步差。很多话因为没有"用心讲",以致失言甚或妄语,造成说者无心而听者有意——轻轻一句话重重压在别人的心头上,因此误会难解。或因口无遮拦、说长论短,以致"口吐毒蛇",甚至"口喷铁钉"到处伤人,让人受创永生难忘，而结下恶缘。

虽然听者需自我免疫——别人无心讲，不要有心听，甚至面对是非批评或讥称毁誉，也需启动自己的"心田过滤器"，将不利心灵成长之杂质过滤掉，去芜存菁，让心上无痕。但是说者却是"始作俑者"，尤须自我约束，守好口业。《静思语》有言："不懂得机智的问答，也不懂得适时地保持沉默，是很大的不幸。"意即警惕我们——说话要因时、因地、因人而懂得拿捏分寸。话到嘴边留三分，饭可以吃饱，但话不能说得太满；甚至不该说话时更应"沉默是金"。这不只是用心，也是生活的智慧。

一句话可以让人笑，可以让人跳，更可以让人气死掉。因此，用心对别人说一句好话，就如同在祝福人家，自己也因此而发好愿；这是用智慧来说好话，不但鼓励别人，也激励自己。一句话没有用心讲，或心直口快，虽明明是好话一句，但却因脾气不好而造成口气不好，以致好好一句话却重重地压在别人的心上。此即《静思语》所言："心好，但脾气嘴巴不好，也不能算好人。"凡夫因为愚痴而智慧难启，不但没有"分别智"，也欠缺"平等慧"，以致盲从附和、人云亦云，道听途说加上危言耸听，造成"祸从口出"。古圣贤说："一言可以兴邦，一言可以丧邦。"其道理即在此。

佛经上言："开口动舌无不是业。"口业难修，就因为难所以要修，才要时时警惕自己说话要"雅言正语"。人言虽可畏，但若能善用之，则人言可贵；其妙法为："择其善者而从之，其不善而改之。"证严上人常教诲弟子："凡事要多用心！"即不只做事要多用心，连说话也要多用心，此乃为何要先"静"后"思"再"语"是也。

什么样的语言
决定什么样的人生

在日常生活中,我们常常可以从一个人的谈话去了解一个人的心态,本来语言只是人与人之间互相沟通的一种媒介,但它却是反映一个人的心态与观念最客观的指标。

一个常说雅言正语的人,除了让人了解他有很好的修为之外,他的人生必定是积极、乐观、进取的,而且他的人生价值是在付出与奉献的过程中得到肯定。一个人常说负面否定的话,他的人生必定也充满悲观消极。尤其,一个人如果常常两舌恶口,则让人很容易了解他有爱说是非的心态,而"说是非、传是非"甚或"批评别人",正是他内心邪恶的表现。

当一个人在论人长短、搬弄是非的时候,自己嘴巴讲出来的坏话,最先听到的却是自己的耳朵。这些坏话久置心中,将成为心田中恶业的种子,久而久之也会开出厄运的果实并自食其果。同理,一个人时时口说好话、温言暖语,又有正知正见,则自然而然能口吐莲花,不但鼓励别人,也激励自己。也因为常常口说好话,犹如心常发好愿,无形中就是在祝福自己,自己祝福自己是分分秒秒、随时随地,以至于岁岁年年,力量之大,胜过任何来自他人的祝福。我们常说:"最大的敌人就是自己。"但却很容易忘记:"人生中最大的贵人也是自己。"人因为时时说好话、发好愿,因此人生充满正向及正念,因为人生充满正向及正念,生命自然亮丽灿烂、轻安自在。

在日常生活中,我们常会不自觉地讲出一些负面、否定甚至是诅咒自己的话,诸如:我担心、我害怕、我头脑不好、我智慧不够……甚至人家在赞叹、鼓励我们的时候,我们却连声回答:"我没有、我不行",殊不知别人对我们说的好话也是声声的祝福,要赶快把它收起来。这就是:"说者发好愿,听者被祝福。"两全其美,多美好的一件事情啊!由此可知,日常生活中的开口动舌,会影响一个人的起心动念,并默默地牵引着我们的人生,甚至决定着我们未来的命运。

有时参与一些募款活动,我们偶尔会听到有人说:"我都欠救了,我还救人?"捐血活动时,也会听到有人说:"我都欠血了,我还捐血?"令人很纳闷,说话的人看来都平安无事,怎么会欠救?看他也都身体健康,怎么会欠血?这种没有祝福自己,反而诅咒自己的语言,真是让人提心吊胆,叫人替他捏把冷汗。犹记得,一九九九年台湾九二一大地震之前的八月十七日,土耳其亦发生里氏七点四级大地震,死伤数万人。证严法师立即号召全球所有慈济据点"爱心动起来，驰援土耳其"，全球慈济人总动员走入街头劝募。

在台湾的劝募中，有人质疑慈济："为什么台湾不救要救海外？"在此之前，中国大陆因长江流域河水泛滥，慈济发动募款并派遣赈灾团前往赈济大陆灾民，也同样造成一些声音："为什么台湾不救要救大陆？"负面否定的语言愈来愈多，造成慈济只得以低调的方式，坚持着"大爱无国界"及"众生平等"的信念，默默地前往赈济与我们同宗同种的无辜灾民，及不同宗教、不同种族的国际难民，推动着回馈国际社会的工作。

负面否定的语言长期累积，不断地诅咒自己，形成不好的愿力，九二一大地震于焉产生，慈济终于无奈地回过头来救台湾。强大的动员力量加上高效率的救灾经验，深深地让台湾的灾民们感受到慈济人的患难真情，台湾人的爱心终于全部动起来，但付出的代价实在太大了！对灾民们来说，能被救当然是幸运，但被救的感觉总是不好。对有慈悲心的人来说，能付出、能关怀别人的人是最有福报的人。当然，"救人"的感觉更好。

什么样的语言决定什么样的人生，什么样的心念决定什么样的命运。俗谚："病从口入，祸从口出。"因此，饭不能乱吃，话也不能乱讲。想要有幸福亮丽的人生，或趋吉避凶的命运，除了行善造福,多累积善业之外,还要时时雅言正语、口吐莲花,日日发好愿、怀好意来祝福自己。证严上人常常教诲弟子:"凡事要多用心!"不但提醒我们日常做事要用心,开口动舌也同样要多用心,要能先"静"后"思"再"语",此即多用心!

什么样的心念
决定什么样的命运

每个人都希望自己好命，不但要好命，而且要长命。无奈事与愿违，生命中不如意之事偏多。在诸事不顺、灾厄不断的遭遇下，很多人开始尝试"算命"，希望借由算命来"改运"。因此，求神问卦、问乩童、问签诗、问签杯、贴咒语、喝符水、改风水、改名字等，无所不用其极。外道以神通、感应等迷信的民间信仰为人消灾解厄，那些喜欢谈玄说妙、知见不正的人自然就去附和。

命的好坏决定于自己的行为造作，操纵在自己手中，别人没办法帮我们改运，一切要靠自己行善造福，累积善业。以善积福，以福转业，让重业轻报，轻报化无，而得顺遂的人生。

命运的好坏，除了与"福报"有关之外，一个人的心念也往往在无形中决定了人一生的命运。幸福快乐与否，不在于拥有多少或拥有什么，而在于我们内心想的是什么，此即"心念"与"心态"。什么样的心念决定什么样的命运，什么样的心态则决定什么样的遭遇。

例如，一个爱抱怨的人，因为常存抱怨的心态，久而久之，"抱怨"便成为他日常生活中惯用的语言，无形中养成唉声叹气、怨天尤人的个性，以致他的人生充满乖戾与颓丧。一个爱批评的人，因为常存批判心态和"看人不顺眼"的习性，久而久之自然形成言谈爱说负面、做事偏爱挑剔、做人爱看缺点的个性，也塑造一个不懂得包容与善解的苦闷人生。一个爱说是非的人，因为常存说长论短的心态，搬弄是非成为生活的习惯，久而久之，"爱说是非""爱听是非"与两舌恶口相呼应，造成生活周遭布满"道听途说"与"危言耸听"的论调。不但自己的生活得不到轻安，而且是非缠身、烦恼攻心，导致不幸与悲哀的人生。

个性、习惯、心态等均与"心念"有关，心念若不改变，则风水、行业、名字等再怎么改，也改不了命运。此即所谓："环境不能改，但心境可以改。"同理，"人生不能改，但人生观可以改。"因此，一个观念可以改变一个想法，想法改变则心态改变，心态改变则态度改变，态度改变则习惯改变，习惯改变则表现改变，表现改变则一生改变，一生改变就是命运改变。所以说，"命"不用让别人算，"运"也没有人可以改。要好命就得学会"运命"，用正信与智信的人生观来破除迷信与邪信的邪知邪见。

生命过程中,好的心念就如一粒善的种子,会开出芬芳美丽的花朵,让我们拥有一个幸福快乐的人生;不好的心念就如一粒恶的种子,会结出厄运的果实,让我们尝尽哀怨辛酸的人生。因此说:"心念可以决定每一个人的命运。"

证严上人《静思语》有言:"凡夫被命运操纵,而智者却操纵命运。"又言:"人要运命,不要命运。"亦即告诉我们,命运虽有,但仍操之在我。好命不是靠拜拜和祈求,也不是靠人加持灌顶。"一念心转"则心开意解福就来,"一念清净"则心诚意正运就通,"一心正向"则心正气盛邪不侵,"一心向善"则一念善心破千灾。扭转命运的贵人不在远方,"正念"就是我们生命中的大贵人。

"人"因自省而成"才"

有一位朋友,每次在工作上碰到人事瓶颈,或意见不被上司采纳时,都会不悦地说"东家不打打西家"或"此处不留人,自有留人处"等一类负面的话。虽然他并没有意思要离职,但每遇到别人不认同自己时,就会很自然地产生潜意识的自卫心理,认为都是别人不对。因为心情不悦自然造成声色不柔和,如此当然无法与人结好缘。朋友学问高,能力强,责任感也重,但毕业进入社会后,际遇却不很顺遂。因此他常自叹"怀才不遇"。

自认为是人才,除了所作所为必须能让别人受用受益,还要经过别人的肯定,并勤下内敛自省的功夫才算数。愈是人才愈要谦卑,这就像运送一个价值不菲的瓷器,还需要一些看起来不起眼的旧报纸来保护它一样,两者同等重要。在人群中做事,就要与人有良性互动、互补互给、互信互爱,并学习互相感恩。孤芳自赏或刚愎自用,只会凸显自己与别人格格不入。欠缺好缘与欠缺贵人相助的人生,际遇当然不会顺遂。

俗语说："天生我材必有用。"一个人只要能做事尽本分，就是有本事的人，就是一个人才。因此，每一项工作、每一份职业就代表着一个人的责任与尊严，并不因职位之不同而有高低之差别，所以说"职业无贵贱"。而且，"闻道有先后，术业有专攻"，所以说"行行出状元"。

人才必须放对位置，如果没有放对位置，可能会变成"奴才"，而无法人尽其才。人才如果只会做事不会做人，可能会变成"庸才"，因为人缘不好而使理、事无法圆融。所以，我们讲话要让别人听了受用，才是有"口德"；做出来的事要让大众受益，才是有"心德"。说话能让别人听了受用、做了受益，就要先与人结好缘，因为"有缘者说的话是真理，无缘者说的话变是非"。所以，光是"有才"还不够，还要与人"有缘"。要与人结好缘，就要先从修口德开始。口德就是"和言爱语""雅言正语"，也就是《静思语》所说："静坐常思己过，闲谈莫论人非。"以及，"宁愿做一个尽力做事而被批评的人，不要做一个不会做事而只会批评的人"。

这位好友因为责任感重，自尊心强烈，往往因为事与愿违而自责，加上想法负面消极，因此产生自卑。虽然诗词琅琅上口，可惜所说言语皆属负面与灰色。什么样的语言决定什么样的人生。所以，我送他一本《静思语》与《论语》，并以孔子所说"不患人之不己知，患其不能也"及"行有不得，反求诸己"

与之共勉。

其实，人不必担心别人不器重，也不必灰心别人不听从我们，只问自己的能力有没有增长，自己的身、口、意有没有修持好，做出来的事情有没有达到预期的效果。如果没有达到预期的效果，不要责怪别人，要先从自己身上下功夫——学习曾子的一日三省吾身："为人谋而不忠乎？与朋友交而不信乎？传不习乎？"意即检讨自己做人处事有没有不忠诚的地方，与朋友交往有没有不信实的地方，先进们传授给我们的知识与经验，有没有深入学习与体会。

这位好友接触好书、接受好话后，渐渐提升自省的能力，自然而然也开始口吐莲花。由此可见，好话不但激励自己，也鼓励别人。好话充满积极正向的影响，而让人生乐观积极。有一天晚上，我前往一场慈济茶会演讲，正好与好友不期而遇，他若有所悟地告诉我说："人人均是才，只有我不是，谦卑用心学，处处留人处。"

逆向思考也很好

几年前，我去马来西亚东部一个新成立的慈济据点推动会务，中午时间与当地的一群学佛朋友用餐，席间有人好奇地想了解慈济的缘起，有人发问如何参与志工，也有人发心想立即加入慈济会员。我知无不言，言无不尽，让这些有心人得到想要的解答而满心欢喜。

午餐即将结束前，一位大德以稍加严肃的口气突然问我："你们慈济人都在做好事，难道这样就一定不会下地狱吗？"我从容回答："我不知道耶！但是我想，慈济人做了那么多的好事，如果这样还会下地狱，那没有做的人不是更惨？"他听了之后，直说："心服口服！"

这一则对话让我联想起，在台湾也有少数人有类似的质疑："慈济人在台湾做了那么多的济贫与急难工作，几年来台湾的灾难为何还是那么多？"表面听来好像是事实，也很有道理，但仔细深思过后，会发觉这是反逻辑的论调。我们可以逆向思考的模式来解答这句话："慈济人在台湾做了那么多的急难救灾工作,灾难还是那么多。如果没有慈济人的话,那救灾工作不是更缺少一股强大的救援力量吗?"

日常生活中,我们常常会碰到这种似是而非的论调,自己如果没有洞察力与理解力,心很容易就被这些不正的知见所迷惑。自己如果慧性不够,无法在耳闻之后,立即以智慧去明辨是非、分别善恶、洞察虚实,则很容易落入邪知邪见的无明之中。

有一个小学生,因为偷了别人的东西而遭老师质问,只见他面不改色地回答老师:"我没有!但是他也有。"这样答,我们就知道两个人都有。也有一位曾经轰动台湾的绑票案歹徒,被警察逮捕后,他的母亲向媒体说:"我的儿子除了吃喝嫖赌以外,他是一个孝子。"一个孝子怎么会做出让父母蒙羞、让别人肝肠寸断、让社会人心惶惶的事呢?有一个贪官污吏,在东窗事发被法庭提起控诉时,愤愤不平地为自己辩护说:"这么多人贪污,怎么只抓我一个?"言下之意,好像自己很无辜。这是法理不清、是非颠倒的反逻辑谬论。

有一个人,因为闯红灯而被警察抓个正着,警察问他:"你没看到红灯吗?"此人回答:"红灯有看到,但是没看到你!"意即看到警察就不会闯红灯,如果警察不在就要闯红灯。这虽然是一则笑话,但是不要忽视它的正面启示。实际生活中,我们常会去做一些别人正在注意的事情,而人家不注意的事我们则比较不在意。有人在的地方或有人注意的地方，我们都会比较守规矩，没有人注意的地方我们就比较放肆随便，这是凡夫的习性。所以"心口合一""言行一致""表里如一"是高尚人格的基本条件。从修行的角度来讲，要培养高尚的人格，就必须接受两件事情的约束：一是戒律，一是规矩。因为佛家相信"人格成，佛格即成"，同时，未成佛前，要先结好人缘。

纷乱的社会中，积非成是以及似是而非的言论充斥。人们不但道听途说而且还危言耸听，魔法中因为掺入佛法而成为"包着糖衣的毒药"，这就是为什么许多人明知怪力乱神与谈玄说妙为不正之知见，然而依旧经不起蛊惑而趋之若鹜之故。

在事理浑沌之际，为了让自己有先见之明而明察秋毫，就得在正向思考过后，再尝试一下逆向思考，那么我们就会发现，有时候"逆向思考也很好"，因为角度更客观！

"放下"的艺术

"包容"与"纵容"

曾经有人请示证严上人:"她屡次犯错,我们要原谅她几次?"上人回答:"就像父母原谅自己的孩子,你们会原谅自己的孩子几次?"也有人请示上人:"什么是包容?长期的包容会不会变成纵容?"上人回答:"包到包不下去,忍到忍不住了,就是最大的包容。"起初听到上人如此开示时,自己一知半解,心中依然困惑。心想,每一个人的容忍度与包容量皆不同,标准在哪里?什么程度才是忍不下去?什么极限才是包不下去?什么情况会变成纵容?一直用心思维,希望能茅塞顿开。

也有人向证严上人倾诉:"我不但出钱出力,别人不愿做的工作我都耐烦耐怨地拿来做,这样,还有人批评我、误解我,实在令人不甘心。"上人回答:"你好不容易任劳任怨在付出,这已经做到'忍下去'的功夫,但还要继续做到'吞下去',最后还要把它'消化掉',这才是真正忍的功夫。只是忍还不够,如果没有吞下去再消化掉,则忍到极限而爆发出来,后果更是不堪设想。"所以古谚才说:"小不忍则乱大谋。"又说:"忍一时而争千秋。"而佛家更言："忍而无忍生法忍。"忍而无忍就是心中没有忍的念头，这是意境很高的修为，也是忍的最高境界。一时忍不住而生气愤怒，会摧残自己的身心与情绪，让脑海与心田混乱不清，严重时则会失去理性而意气用事，佛法上称此为"无明"。

一个懂得修忍辱的人，能孕育包容的力量。在忍辱中精进者，其形于外的雅量更是令人高山仰止，如沐春风。修忍辱就得先看破我相，看破我相之前还得先学习"缩小自我"。四念处有云："观法无我"，此乃无上正觉之意境，吾等凡夫仅是"小我"就已学无止境，更遑论佛法浩瀚。能取其妙法一二，即能终身用之不竭。由于修忍辱者能放下我相、自我缩小，因此能在挫折与失败中看清成功之道，也懂得在得意与成功中学习谦卑，在顺逆境的际遇中体会生命无常，更能借忍辱启发智慧与生命的潜能，因此经上有云："修忍辱者得相好之果。"

看破我相并非"不要相"，而是"不着相"，亦即不着忍辱之相。如此才能将别人的无心之言淡然处之，对别人的无心之过宽容待之，甚至将"人言可畏"转化为"人言可贵"。一个人如果"心存善意"，那就是生活在吉祥的意境里；一个人如果"心存敌意"，那就是生活在仇恨的情境里。心存善意的人比较会有欢喜心，有欢喜心的人就会有"喜悦之相"，其表现于外者就是"和言爱语""广结善缘"。而心存敌意的人比较会有嗔恨心，心怀嗔恨的人因为失去包容的空间，所以，没有包容的雅量，常常排斥异己、苛求别人，因此呈现"乖戾之相"。

一个会重复犯错的人，基本上有两个原因：一为"经验不足"，一为"习性使然"。无论"经验不足"或"习性使然"均属"能力不足"。一个能力不足的人，需要我们的包容、善解，甚至关怀与鼓励。因为一旦有一天我们因学习不力也成为"能力不足"的人，或经验不足而成为"犯错的人"，我们也期待别人的体谅、包容与善解，此乃人之常情。

人同此心，心同此理，谓之"同理心"。同情心是慈悲也是事相，同理心则是智慧，也是真理。以同理心启发宽容的生活智慧，我们才会深深体悟，原来包容是人类性情的空间，包容让我们表现出好的性情。如果我们凡事将心比心，哪还会有"包容"与"纵容"之分呢？盖因心量宽大就可以永远包容，心量不足才会自我感觉纵容。

合理不合理 标准在哪里？

曾有一位慈济委员，受了别人不合理又不公平的对待后，满腹委屈地向证严上人哭诉。本想获得上人的同情与安慰，没想到上人倾听之后却对其开示："你要改！"这位委员一脸的无辜与错愕，疑惑地问上人："是别人不对，为何要我改？"上人回答："要成佛的人先改。"这是一段颇具禅机的对话，原本让人感觉不甚合理的事，就在上人睿智的观机逗教下，变成一段扭转心念、充满生活智慧的禅理。

日常生活中，我们常常会碰到一些自认为是不合理或不公平的事情，有的人会据理力争，有的人则会不平而鸣，甚至义愤填膺，这是每个人都有过的经验。以前年轻时，由于重义气，我常路见不平，与人争辩到底，并自认为："道理是越辩越明，有理走遍天下，无理寸步难行。"由于这种择善固执的错误坚持，每当遇到不合理及不公平之事时，都会理直气壮，得理不饶人。然而每当仗着自己的一点世智辩聪，与人一阵伶牙俐齿的激辩后，我们发现虽然自己是"理直"得以服人，但却因为"气壮"而让对方口服心不服。如此造成理圆而人不圆，虽赢了战争，却失去和平。

"待人处事要讲理"，这是人与人相处的基本规范。但我们也需自我提醒，过分的强调"理"，会让人感觉"理多，情就薄"。男女相恋是因为两情相悦、情投意合而结为连理，这是"因情而结合"。但结婚后，往往因彼此太过了解而事事讲理，造成理性胜过感性，以致讲理不讲情，最后则"因理而分开"。夫妻相处是如此，朋友之间当然也不例外。

"合理不合理"常因每个人判断的角度不同，而有认知上的差距。我们认为不合理之事，别人却认为很合理；同样，别人认为不合理之事，我们可能不但认为其合理且认为其深具意义。例如把辛苦赚来的血汗钱拿去给别人用，表面上看来不太合理，但如果接受这些钱的人都是一群孤老贫病的不幸者，则此举显得充满人性至情，而且合情合理。

凡夫都以自己的价值观和偏见或过去的经验，去观察、判断事情。往往这种不正确的心态和观念，常会影响我们对生活周遭所发生事情的判断。这是人们之所以常常观念或意见相左时，大家据理力争，甚至强词夺理的原因，也因为如此情理不兼顾而彼此伤害了感情。

如果一个人道理讲得很好，但人际关系却很不好，这是因为"理直气不和""得理不饶人"。而当别人已自知理亏的时候，我们更要学习"理直气和""得理饶人"。碰到善知识跟我们分享许多人生真理时，我们更要把握机会，把这种至情至理当做自我训练。然而，生活中我们偶尔也会遇到不可理喻的人，让我们感觉有如"秀才遇到兵，有理说不清"，或生命中偶尔也会遇到不尽情理的事，让我们百般无奈与无辜。此时，就只好把这种不合理的事当作磨炼吧！合理的要求是训练，不合理的要求是磨练；经过训练，也接受磨炼，再通过层层考验，如此日积月累，那就是宝贵的"人生历练"。

宁愿记不起 不要忘不了

记得几年前的一个周日,我们去医院探望一位罹患骨癌的照顾户。当我们在病房里找到这位年近半百的照顾户时,惊见隔床一位五十多岁的病人正嚎啕大哭。基于一分关心,我趋前慰问,言谈间始知他因长期应酬饮酒过度而致肾脏衰竭,需等待换肾与洗肾。这位先生边啜泣边递给我一张名片,生病住院还不忘把名片带在身边,此举令我感到好奇。原来他是扶轮社某区域的总监,让他痛苦的不只是失去健康,而是随着时间的消逝,前来探病的朋友愈来愈少,过去称兄道弟的伙伴,如今各奔前程弃他而去。由于忘不了过去呼风唤雨、风光一时的岁月,更忘不了人心的无常与人情冷暖,他虽身苦但心更苦。

另有一个被慈济照顾了七年多的个案:年近八十的父亲是眼盲,长子智障,次子哑巴,唯一没有残缺的七十多岁母亲,负责操持家务。由于这位母亲长期郁郁寡欢,加上积劳成疾而致体弱多病。慈济人每月定期前往居家关怀,倾听这位母亲千篇一律、倒背如流的"回首当年"。她屡次当着老先生与慈济人面前提起先生年轻时如何花心，并追问先生几十年前的几笔钱拿去哪里，以及"为什么当年瞒着我交那个印尼女生，为什么？为什么？"等往事。月复一月，年复一年，她活在过去，无视如今已是风烛残年，也无视先生在身残体弱之余仅存的一点人性尊严，总将不堪回首的往事拿出来加深记忆。不但让自己因"嗔恨"而失去安乐，同时也让原本已愁云惨雾的家，因她对过去的"忘不了"而苦上加苦，成为身病心苦的苦难众生。

有很多人活在过去，经常用最好的记忆力去回忆最令人伤感的往事，以致"坐着吃不下""躺着睡不着""好事记不起""坏事忘不了"。有些人则是活在幻想的未来，不懂得把握真实的现在，以致空有理想而不去实践，犹如耕田而不播种，造成空过因缘。也有一些人庸人自扰，每天都在担心不久的将来，结果念兹在兹而让担心的事成为事实。

"记忆力好"原本是好事一桩，但如果所记的都不是好事，或记得好事却自我陶醉"忘不了"，则成我执，情况严重时则形成我慢。"我执"与"我慢"皆属不轻安，生活不轻安，苦恼就紧跟着而来。"记忆力不好"或"好事记不起"，顶多让我们无法陶醉于过去；"坏事记不起"，更是好事一桩，因为心无旁骛则杂念不起。面对是非批评的人事，或不堪回首的往事，要学习"雁渡寒潭，雁去而潭不留影"。因此证严上人说："心上无痕,才是最上乘的心地功夫"。要心上无痕就不要在心田留下痛苦的伤痕,也不要陶醉于过去令人难忘的名利风光。它言简意赅地启示我们——遇顺境不要得意忘形,遇逆境更不要悲观丧志。

　　荒芜的土地长不出好的作物,纷乱的心田开不出智慧的花朵。逝者已去,来者可追,让过去的不如意随风飘逝,不再回忆。让过去的如意事增添新机,心存感恩。一个人要检讨过去,策励将来,开创人生的新局,就要调整心态,顾好心念,努力学习"坏事记不起""好事忘不了",这是最高的意境。如果不能达到这样的意境,则退而求其次——"宁愿记不起""不要忘不了"。

用爱化解仇恨

二〇〇一年八月,因桃芝台风重创台湾,我写了一篇"灾难无情,人祸在先"的感言。其中提到由于人类的滥垦滥伐而造成山林变色,终致山崩地裂、土石狂泻,不但淹没良田,更摧毁了美丽的家园,使许多家庭一夕之间天人永隔。也提到穷兵黩武的国家及极端偏激分子,因数人的一念之差,而让无辜的百姓家毁人亡、亲离子散,生活在水深火热之中。

事隔才一个多月,九月十一日,美国纽约双子星世贸大楼,被歹徒以劫机自杀的疯狂方式撞击,导致这两栋曾经是世界最高的大楼,顷刻间爆炸起火,之后垂直崩塌。通过卫星电视现场立即转播,全球的观众眼睁睁地看着这一百多层高楼的上班人员,在电梯与楼梯均无法使用的情况之下,纷纷攀登聚集在窗边等待一线生机。但我们也眼睁睁地看着这些宝贵的生命处在危急中而无法救援。几分钟后大楼崩塌,这些原本活生生的生命就在硝烟弥漫中消逝,甚至尸骨难以寻获。至今画面仍盘旋脑中。每当忆及,都会令人十分感伤而万分心痛。

电视中也一再重复播放被挟持的客机撞击大楼而爆炸起火的恐怖画面。这些原本在电影中才有的情节，如今血淋淋地出现在现实生活中。造成近万人死伤的人间大悲剧，其震撼性非怵目惊心可以形容。被劫客机的无辜乘客在撞击之前已知命之不保，甚至以手机向家人诀别。这种突如其来的心理恐惧——身处高空中，预知数分钟后将死于非命——我们绝对无法亲身体会。它让我们感到十分残忍，也让电视机前的每一个人于心不忍。劫机者不理会众多无辜的生命，仍残酷地一意视死如归、同归于尽，可谓"心灵灾难"早已形成在先，而后才造成"人祸"。此"人祸"有时也会带来比大自然威力更大的灾难，其毁灭性比起"天灾"更有过之而无不及。

遭此巨创的全美人民同仇敌忾，将此劫机自杀式的攻击，视为"国难"与"国耻"，誓言动用强大军力还击报复。而阿富汗伊斯兰教组织则恫吓发动"圣战"，两军对峙，一场世纪大战一触即发，此皆肇因少数几个人蕴藏已久的仇恨心理与极端心态。令人联想到的画面是空袭、轰炸、枪林弹雨及处处废墟。更让人不忍看到的画面是，无辜可怜的百姓，又要开始迁徙流离、四处逃难。他们可能家毁人亡、妻离子散，也可能全家夜宿荒野、风餐露宿。难民营里母亲一手抱着婴孩，一手奋力争夺着救济的面包。谁无家庭？谁无父母？谁无子女？谁愿在兵荒马乱中失去了亲人而度日如年呢？

战争带来的祸害，不只是让无辜的百姓丧失生命，像日本广岛及越战至今已数十年，但其遗毒与仇恨仍祸延后代子孙。战争对人类的影响远远大过于天灾。以恶制恶只会让恶缘加深，以爱止恨方能化解仇恨。"赢了战争但失去和平"，即使战胜了，也等于埋下下一次的战乱之因；这样的"和平"隐藏着仇恨与报复，有何意义呢？

人与人相处以和为贵，俗谚："忍一时风平浪静，退一步海阔天空。"但是对心中充满仇恨与报复的人来说，要"以爱化解仇恨"，实在需要很大的包容与智慧。其实冤冤相报何时了，唯有"以爱化解仇恨"才能转恶为善，让善凝聚，让爱循环。要敲响希望的钟，就要人人诚心祈求——众生远离兵厄去嗔恨，世间无灾无难无嚎声。

事来即应 应过即放

有时候，日常生活中的大小事情会让人产生烦恼，其实追根究底，并不全然是人或事情的烦恼主动来找上我们，而是我们"自寻烦恼"——为了求好心切，原本已经算是圆满的一件事或满足的人生，硬要追求完美与零缺点；结果，因为吹毛求疵而造成事事挑剔，不但予人困扰，自己也不胜烦恼，此即可谓"庸人自扰"。

从事慈济工作几年来，我发现在人多事多的工作环境里，要追求完美又不挑剔，实在不是一件容易事。把一件事情做得尽善尽美、完美无缺，那是每一个人工作的成就感，这与继续前进和持续成长息息相关。因为成就感会带给我们自信心与欢喜心，而做得有信心与做得很欢喜，则会增长乘风破浪、逆流而上的动力，这就是"生命的力量"。

在事事困难、样样挫折的逆境中，保持自信与欢喜，是一件很不容易的事。因此"谦卑容易忍辱难""精进容易忍辱难"，为什么？因为"谦卑"与"精进"和自己有关，而"忍辱"则与别人有关。与自己相关的事自己都无力改变，更遑论要去改变与别人有关的事！那更不可能。

"提起"与"放下"也和自己有关，要做得干脆，则需要勇气与智慧。我们凡夫就因为许多事要提却提不起，一旦好不容易提起了，要放却又放不下，以致造成狐疑不决、拖泥带水、"上下不自在，左右不逢源"的人生。有时候，会听人诉苦说："已经尽心尽力做事，还是事不从人愿，实在很气馁，很烦恼！"也有人说："已经全心全力地付出，还是碰到不圆满、不完美，实在有压力感、有挫折感。"修行就是修在用心付出后，还能随顺因缘，因为有随顺因缘的空间，才能"前进后进两相宜""提起放下皆得宜"。换句话说，就是用心尽力之后则一切随缘，只要做到"哪能尽如人意，但求无愧我心"，则前脚走，后脚就跟着放，才能迈开脚步向前进。

有时候，我们自己好像一列行进中的火车，而身外的人、事、物好比是车窗外的景物。窗外景物后退，并非真的后退，而是我们正往前进，而且愈加速前进，窗外景物就后退得愈快，一直到最后消失得无影无踪。这就好比困境来临时，我们愈是畏惧退缩，困境愈是大军压境。反之，我们愈是精进往前，就能愈早脱离险境。

人生何尝不是一列行进中的火车，会面临窗外千变万化的各种境界。不管境界是好是坏，或景象如何变换，它终将成为过去而不再与我们有关；我们要注意的是，当境界现前时把握每一个因缘，冷静思考并用心应对，把它当作自己学习成长的机会。不管是往事不堪回首，或往事只能回味，回顾一切过后切记放下一切。证严上人说："心上无痕，才是最上乘的心地功夫。"意即顺境来了不要遇缘生心，逆境来了更要对境无心，不论顺境或逆境，只要一旦过境，就应无所住而生其心。

生命中，世事难料，人事难圆，不论是历经险阻或历经沧桑，我们都要做到事过境迁依然心如明镜。一如千江映月，念头依然皎洁，要做到这样，就必须要学习"事来即应，应过即放"——把重要的、好的记起来，把不重要、不好的忘记掉。懂得如何放下，一定会欢喜自在。

生活的艺术

为什么我们都讲"生活的艺术",而不是"生活的美术"?孩提时代我们曾上美术课,而长大成人之后,美术则提升与艺术相结合,因而有艺术专科学校、艺术学院及艺术大学等等,让我们借艺术充实自己的人文素养。所以,将艺术与生活结合一起,肯定可以创造生活的妙趣,美化自己的人生。

"美术"是用眼睛去看一件事情美不美,它重在事相;而"艺术"是用心去体会一件事情美在哪里,它重在内涵。一个是用感官去判断,一个是用心灵去构思。用感官去判断或感受是每个人与生俱来的能力,叫做"美感"。每个人都有不同的审美观,只因观念与心态或角度不同而对美的领受有所差异,这种美感也会随着时空与年龄之不同而有所改变。但是,不论人、事、物及时间如何改变,我们心中的正向与正念如能时时保持不变,这种摄受与转化的能力就叫"生活的艺术"。

无论用心灵构思或心念的修持都与转化的能力息息相关,因为转化需要无止境的创作空间,里头当然包括灵感的缘起——"清净的智慧"。思想开阔的人，会有宏观的视野及深广的思绪，这种人生的大格局就是心灵的空间，也就是佛家所言："真空妙有"，拥有无止境的空间。无形的空间才能无量，生活中，因为有无形的空间，才可以任我们转圜，才能条条道路通罗马。有时表面看来是无形的空间，甚至"真空"，我们也会感觉进退失据；有时表面看来虽然空间有限，但因心念一转而海阔天空，人生又充满希望，这就是"妙有"。这是生命的至理，也是一种生活的艺术。

一九九六年十一月，慈济在菲律宾举办大型义诊活动，其中有一位六十多岁的病患，全身包括脸部长满了密密麻麻状似葡萄的肉瘤，我们称她为"葡萄阿嬷"。如以美术的角度来看，由于异于常人，又是一种罕见病态，所以不但不美，甚至令人生畏。然而，她的先生却对慈济人说他的太太是世上最美的女人。我觉得是这位先生"心美"，因为心美看什么都美，这就是了不起的生活艺术——用"欣赏的心"去看每一件事，则每一件事都有"值得欣赏"之处。同理，用"艺术的眼光"去看一个人，则每一个人都有他"美的一面"。此即印证佛家所言："以佛心看人，人人是佛；以鬼心看人，人人是鬼。"

美术有美与不美的评审标准，就如选美，评审委员人人有一套共同的审美角度与看法，如此才能选出大家公认的美女。但艺术则有很大的幻想空间，它会因人而异，因心而变，它可能是抽象，也可能难以意会。不同的人有不同的角度与想法，因此就有不同的解读。就好比仰视天空的云彩，每个人都会因不同的心念或心情而有不同的体会，也因不同的时间而有不同的想象。此乃"一念含融三千界"，"三千一念由心牵"。

生活，要用心灵去体会，才称"生活的艺术"。要培养生活的艺术，就要先照顾好自己的心念，这样才能用欢喜心来看待别人讨厌的境界，以感恩心来看待别人烦恼的境界。

"过年容易，过日难"，要日日是好日，就要每一个日子都能活出智慧、活出喜悦。有人说这是"知易行难"，但有心就不难。只要每天用艺术的心境去做人，用艺术的情境去处事，将艺术融入生活，生活不离艺术，这就是名副其实的"生活艺术"。

转换跑道 从心起飞

人生有如汪洋大海中的一艘船，要航向哪里，非得有一个精准的罗盘不可。人生也像升空的飞机一般，要飞往何方，非得有一套精密的导航设备不可。戏如人生，一出戏要精彩叫座，除了演员外，也一定要有一位经验丰富的导演来指导全局。人生如戏，要让生命光彩亮丽，则身为"生命演员"的我们，就要懂得如何扮演好自己的角色。在人生舞台上，我们可能扮演主角，也可能是配角，有时候甚至只是扮演一个道具或布景而已。不管是哪一种角色，只要演什么像什么，把自己的角色发挥得淋漓尽致，演完后拍拍手恬淡下台，不必蓦然回首，如此就是成功潇洒的人生。

我们每天都在面对生活中人、事、物的考验而做出抉择。抉择正确，则航向准确，事事顺利，日子过得愉悦；抉择不正确，则使目标偏差而陷入困境，日子过得不尽如人意，甚至不知所措。生命过程中，我们时时刻刻更动人生的航向，而自身则随时扮演着罗盘、指南针、导航器、导演及舵手的角色，这些角色扮演得是否称职,导航的功能是否发挥精准,将关系人生的航向是否不偏不倚而不离正道,当然也更直接影响我们未来的日子是否称心如意。

有时候,难免偶尔一时疏忽而偏离航道,甚至陷入迷津,此时我们必须冷静沉着,以求定中生智,更需善知识指点迷津。切忌刚愎自用或固执己见,因为意气用事、一意孤行的结果,可能让自己愈陷愈深而成为迷途的羔羊,最终陷入万劫不复的境地,此即"一步错,千步差"。人生的航向需要自己主导——做自己生命中的主人,但是,生命历程中有贵人相助也极其重要,贵人来自日常生活中的广结善缘,而与人"结善缘"或"结恶缘",即是"心念"上重要的抉择。

人生是否快乐,其实操之在我,我们决心选择快乐,则不需任何理由,我们就是快乐的人,否则纵然家财万贯,依旧是埋怨一生。因此,生命中的每一天,每一个人都在为自己的未来做导航,小抉择影响一天,大抉择却可能影响一生。

把事业"做大"或"做稳",要让住家"屋宽"或"心宽",把财富"自己享有"或"与人分享",要"享受人生"或"感受人生",要"到处攀缘"或"广结善缘",要"外表风光"或"内心自在",要"名利两得"或"悲智双全",这些表面看来虽只差一点,但差一点就差很多。因为这些看似差别不大的人生目标,但却航向不同的人生跑道。当然,跑错跑道则航程必定崎岖坎坷，甚至令人后悔一生，悔不当初。

所以，要让人生幸福美满，就要随时行于幸福美满的航道上。幸福美满的航道则要用自己的智慧随时用心定位。一旦定位走偏，也不必慌张，只要随时"转换跑道，从心起飞"，则生活中的每一个日子都是快乐出航——航向碧海蓝天，飞向不可名状的快乐人生。

让生命展翅高飞的翅膀

人生好比一列火车或一架飞机。火车要平稳行驶,必须双轨并行;飞机要平稳飞行,必须双翼平衡。人生的旅途要走得顺利,就要"心有正道""行有中道";因为心有正道,所以心念不偏不倚;因为行有中道,所以行为举止中规中矩。

依正知、正见、正信而"不离正道","依中道而行"而不偏不倚,左右平衡。火车需要双轨就像飞机需要两个翅膀一样,飞机和火车的道理是这样,人生又何尝不是如此?

日常生活中如要悲智双运或福慧双修,只有同情心还不够。因为同情心只是慈悲,还必须具备同理心,时时去同理别人、为别人设想,才是智慧。或者,很会讲理但心欠缺慈悲,这样也不行。所以,同情心与同理心、慈悲与智慧都是两相不可缺少的一对翅膀。其他如:感性与理性、原则与原融、济贫与教富、理圆与人圆、深入苦难与深入经藏等等,无不是确保生活平顺、理事圆融的一对翅膀。

人忙碌一生,如果只为提升物质生活,或辛苦经营事业,只为填补名利财富欲望空间，如此物质虽在往上提升，然精神却在往下沉沦。此犹如飞机双翼失去平衡而摇摇欲坠，生活重心失去平衡，人生必定也摇摇晃晃，甚至危机重重。反之，如果在经营事业赚钱之际，懂得取之社会、用之社会，或事业之余投入公益，此则为物质与精神相辅相成的智慧人生。绝对没有一边尽情地享乐，一边又想提升精神生活，那是不可能的事情。因此，物质与精神、生命与慧命，甚至事业与志业，都是让日子过得福慧双修、轻安自在的一对翅膀。

有一次，在演讲中我与众分享心得，将事业与志业比作自在人生的两个翅膀，并告诉大家事业与志业需齐头并进，缺一不可。努力经营事业，却不懂得感恩与回馈，或努力投入志业，但却不顾事业与家业，这都是不圆满之做法，有如飞机失去一只翅膀，会发生坠机。结果，一位知悉我已放下事业做全职志工的大德起身发问："你说事业与志业缺少一样就像坠机，那你目前放下事业，全心投入公益，这样是不是也会坠机？"我回答他："我因知足及无后顾之忧而结束事业，全心修行，这已不是飞机而是火箭。火箭不用翅膀，也不需跑道，它是一心一志，一柱擎天。"语毕，全场笑声不断。

另有一次，一位志工问我："如何在事业与志业之间取得平衡？"我以飞机做解释，不论飞行中碰到何种风力或气流，而使飞机需随时调整方向与角度时，其左右翅膀依然是保持平衡状态。换句话说，左边下倾二十度，右边就会自然上扬二十度，如右边下倾二十度，左边则自动上升二十度。以飞机做比喻，我们很能理解，并认为理所当然，因为飞机本来就是这样设计的，飞行起来才会安全平稳。

同理，人生就是一段漫长的旅程，要飞得安详自在、无忧无虑，就得时时检视生命的翅膀是否随时保持平衡。个人以为，投入事业八十分，参与志业就要二十分，或行有余力参与志业八十分，则照顾事业就是二十分；其分配比例以此类推并因人而异。但是，如果只知全心经营事业，却无心布施行善、回馈社会，此有如一百分的事业而没有一分公益，以翅膀理论来分析，这就是少了一只翅膀，可能会"垂直下坠"。因为，所有努力只为自己，是私利小爱，此犹如少了一只翅膀的苍蝇，再怎么用力，结果还是"原地打转"。

懂得将事业、志业、家业三等分，或将收入所得做家用、教育、布施三等分，这是圆满又高智慧的生涯规划，也是完全不同的人生跑道，此即世间财与功德财并重，生命与慧命兼顾。如果一旦事业退休，但志业、家业退而不休，亦即志业、家业一百分而事业没半分，大小爱兼顾，同时又没有"事"的"业"障，这就是"无业游民"——没有业障且能游戏人间，及看破放下的自在人生。此时，则不再需要翅膀，但却能飞得又高又远，看得又宽又广，而且看尽人生百态，尝尽人生无尽的喜悦与妙趣。

滑翔翼的生活艺术

利用圣诞节的假日,我与内人一起前往洛杉矶与就读大学的两位女儿小聚,平日少看电视的我,在美期间有较多时间得以观赏美国电视节目。有一晚,电视正介绍夏威夷的旅游,画面中出现许多人在山上玩滑翔翼的镜头,只见每一个人双手抓住横杆,朝山下斜坡往下跑,结构简单的滑翔翼就迎着煦风飞向天空,刹那间,五颜六色的滑翔翼就如老鹰般在蓝天白云中自在翱翔。

此时,我静心思考一个问题:"为何滑翔翼本身没有动力却能飞得又高又远?为何老鹰只是摊开翅膀,也没什么震动,却能在天空中盘旋那么久?"原来滑翔翼在空中,只靠着轻轻操纵两个翅膀,就能平稳地四处飞行,因为它利用周围大自然的气流和风力,让自己上升或下滑;当气流和风力减弱时,它只要再轻轻移动翅膀、变换角度,照样能够平衡地继续飞下去。老鹰能不慌不忙自在地飞翔,其道理也是一样。

滑翔翼与老鹰在天空翱翔,就如同我们在日常生活中打拼一般，人生的际遇随着缘生缘灭而有顺境与逆境，正犹如天空中有时晴空万里，有时却隐藏着乱流一般。滑翔翼与老鹰面对不稳定的气流与风力时，其实不用慌张也不必用力，只要轻轻摆动翅膀，调整方向与角度，尽管外境变幻无穷，依然能平稳地起飞降落。这就好比人生旅途要走得平顺、动静得宜，就必须学习如何调适自我；这种自我调适的生活艺术其实就是身心健康的秘诀。

生活中碰到困难或逆境，最忌讳的是恐惧、忧虑、焦急、紧张等等，因为这不但于事无补，也等于乱扯双翼，会使滑翔翼倾斜失去平衡，而产生危机。生命过程中，有时难免因身心陷入煎熬与挣扎，而带给我们痛苦与烦恼；此犹如人溺水一般，愈是挣扎愈往下沉沦，而最终灭顶。滑翔翼与老鹰能自在翱翔，因为它们懂得利用大自然环境，并适应环境而让自己随境而安。大自然不能改变，但飞行的方向与角度可以转变，因此滑翔翼与老鹰才得以飞得安稳，飞得长久。

同理，人的生活环境虽然无法改变，但我们的心境可以改变。有时候我们也要学学滑翔翼，从高处以宏观的视野来俯瞰人生，那么我们就会发现登上高处才感觉到自己的渺小，走得愈远才发觉自己走得不够。此犹如孔子所说："登高必自卑，行远必自迩。"其所启示的人生至理，真是发人深省。

人生虽然艰辛，但为求身心健康，我们还是得从逆境与困境中去看正面的价值与意义，勉励自己从中体会"滑翔翼的生活艺术"；在充满挑战与变量的生存环境中，借着怡然闲适的气流，自在安详地飞行。其实，生活中，只要我们细心观察、用心体会，则"无语良师"的"无声说法"无处不在。

让欲望列车停驶

省吃俭用的美丽人生

有一次我随上人行脚,行至某一慈济据点时,当地一群委员兴致高昂地向师父报告为九二一希望工程募款的成果,众人向上人说道:"师父!我们举办爱心晚宴,才花四十多万元,就募到了两亿多。"原本大家以为师父会因成果丰硕而给予肯定,然而上人却徐徐对众慈示:"我在意的不是这两亿多,而是那四十多万元。"并说:"要省吃俭用来帮助人,不要边吃边喝来帮助人"。

上人的睿智让我深深体会"教富"的重要。有钱的人捐钱布施尚属容易,没钱的人发心将仅有的捐出,那才算了不起。有些人严以律己、宽以待人,自己省吃俭用,但布施行善时,却毫不吝啬。在许多修行的团体中,常常可见这种"视布施为福报"的有心人,所以《静思语》有一句话说:"布施不是有钱人的专利,而是有心人的参与。"

曾有一位没读过书、家境贫寒的老阿嬷,羡慕许多人有能力布施行善、广结善缘,所以,在一次大型营队活动中,老阿嬷选择在厨房帮忙为众煮食、布施劳力,并买来一小包盐,将之放入滚汤里,与数百位各国学员结下善缘。小小的一包盐不是很多钱,但她却很有心,只要有心,则万事不难;因为有心人懂得运用智慧做好事,也懂得做一个有智慧的好人。一个有心又有智慧的菩萨行者,只要有心想做,则如孟子所说:"舜何人也?禹何人也?有为者亦若是。"

有一次,为赈灾募款而举办爱心义演,我向一位手戴名表、出入以名车代步的企业家兜售入场券。鉴于对方是颇有能力的人,因此我以半推半就方式,很有自信地请他购票,没想到他却无动于衷。所以说,布施也需要训练,不习惯舍的人,捐太多舍不得,捐太少没面子,干脆就不捐了。而习惯布施的人就愈能体会"多舍多得、不舍不得"的个中意境。有福报享福,还要有智慧造福,如此方为富中之富。先人有言:"会赚钱只能算是徒弟,能用智慧去使用钱才是师傅"。此"富而不仁"的例子让我时时警惕在心。

有些人很会享受生活,但不一定懂得与人广结善缘,因为他从来不去体会"与人分享"的喜悦。有些人可能外表风光,但内心不一定自在,因为他不懂得"心灵提升"的妙趣。有些人很富有但欠缺慈悲与智慧,有些人物质丰富,但内心却非常匮乏,这些都叫"富中之贫"。有些人贫穷却乐天知命、知足常乐,有些人不富有,却饶富爱心;这些人虽然物质生活不丰富,却能用智慧开创心灵的生命乐土，让自己的生活幸福美满，这些就叫做"贫中之富"。其实，贫富只在一念间，因为——知足最大富，平安最大福。

从慈济国际赈灾募款活动及济贫的工作中，都可以看到许多可歌可泣的感人故事。很多老人院里孤苦无依的老人，长期受慈济人如亲人般的关怀，从被济助的照顾户角色，转变成为慈济会员；因此在赈灾募款中他们也懂得把握机会，投下身上仅有的几块钱。他们不仅是省吃俭用，而且是孑然一身，但在大爱行列中却并不缺席。

吉隆坡麻风病院，是人们却步的地方。但是八年来，慈济人以长情大爱灌溉，让枯树发芽，让黑暗变光明，谱出许多感人肺腑的生命乐章。如今，这个人间地狱的暗角里，已有四十多位麻风病友是慈济的长期会员。他们每月所捐的善款虽然不多，但比起那些边吃边喝来行善，或大吃大喝也不行善的人，实在是天壤之别。这种贫病中所捐的每一分善款，都是永不干涸的一滴水，其精神令人肃然起敬。因此，慈济人将其当做人间净土，时时相互提醒，要向这些以苦难示现的菩萨学习。

不管是边吃边喝帮助人，或是省吃俭用来帮助人，只要能助人，照理来讲都是好事一桩。但是，我们却应深深自我警惕，出钱助人虽然是行善之举，与其边吃边喝行善不如省吃俭用助人。因为大吃大喝甚至铺张浪费,是消福折福,绝对无法提升自我的精神生活。简单的生活,才能创造内在丰富的美丽人生。"省吃俭用"的行善助人,才是至性圆满的布施之道。

永不干涸的一滴水

马来西亚首都吉隆坡郊外的双溪毛糯,有一间麻风病院,院里与后山中住有两百多位风烛残年的麻风病患,他们群居在远离尘嚣的一个山脚下,虽非与世隔绝,但却远离人群。由于每个人的五官及四肢,皆明显地残缺与变形,为免外人歧视或恐惧的眼光而加深内心的创伤,因此,他们鲜少与外界来往,只在院区里及后山中,互相为伴彼此怜惜。那里隐藏许多人间的苦难与不幸,却也蕴涵许多不为人知的感人故事。

七十多岁的王平阿伯在六岁时,即罹病而住进麻风病院,那时医药尚不发达,为防止病菌传染,所有患者都与外隔绝,集中安置于双溪毛糯病院。由于一旦罹患麻风病,则肢体残缺、五官变形,因此人人皆以异样及鄙视眼光看待他们,让这些原本已经身残心苦的病友们,更承受人性尊严被摧残的无情打击。也因此病友们常说,让他们感到最痛苦自卑的是,他们被家庭及社会遗弃,连最起码的做人尊严都没有。

王阿伯左脚膝盖以下完全截肢,并装上义肢助行,右脚脚踝以下弯曲溃烂,长期自行以纱布包扎。"自年轻时代罹病被安置于此后,亲戚朋友非但未来探访,甚至有几次因为思念亲人而主动写信给居住在新加坡的兄姊,没想到却石沉大海,即使去电他们也十分冷漠,加上社会大众因疑虑也不敢接近我们,让我感到麻风病人已彻底被社会及亲情所遗弃;所以与其他病友一样,常常发愿,希望早日往生,以解脱身心灵之痛苦。"王阿伯向前往居家关怀的慈济人无奈地说道。

一九九六年七月,吉隆坡慈济志工开始每月固定前往关怀病友们,除了嘘寒问暖,并带去大锅、小锅的食物,让大家享受一顿充满温馨的爱心午餐。几年来的爱心互动,也让四十多位病友们发心加入大爱行列,纷纷成为慈济会员。

居家关怀时,志工们也会至后山关怀已出院的病友们,住在简陋小屋的王阿伯是访视的其中一户。人间大爱让原本外人却步而又孤寂凄凉的小屋从此沐浴在爱的春风里。慈济人不忌讳他是麻风病人,仍然视病如亲,为他打扫屋子、整理环境,更把他当作亲人般为他庆生。尤其过年时,大家齐聚这爱的小屋,互道家常,带给他温情,也带给他证严上人的福慧红包。几年来的持续关怀,让阿伯对这股人间至情深觉刻骨铭心。

王阿伯开始思索,以他麻风病之身,在即将身坏命终的风烛残年之际,能患难见真情,获得慈济人如亲人般的大爱肤慰,实为此生最大福分,因此"如何学习做个能付出关怀的人,感恩慈济人的知遇之恩"的想法，一直在王阿伯心中盘旋。

此后，王阿伯开始每天拄着两支拐杖，右手握住一个竹笼子，拖着不良于行又残缺的双脚，难行能行于双溪毛糯痲疯病院的偌大院区，辛苦地做资源回收，希望借"垃圾变黄金，黄金变爱心"的资源回收，奉献自己仅存的一份生命功能。

一天早上，我们前去居家关怀，王阿伯不在家，一行人在屋外等了一段时间后，远远望见王阿伯边走边拾路边的破纸皮及空铝罐；一个弯腰、一次迈步，每一个动作都是那么的困难沉重。一个双脚残缺的痲疯老人，拄着拐杖，握着竹笼，一步一步辛苦地做环保，构成一幅感人肺腑、扣人心弦的画面；一行人都被王老伯身残心不残、难行能行的坚毅精神所感动。慈济大爱能让枯树发芽，尤其令人感受深刻。

王阿伯以资源回收作为晚年的日常作息，回收的破铜烂铁及瓶瓶罐罐堆置于他简陋的小屋里，再由慈济志工前往收集、分类变卖，每月平均所得马币百多元。这是王老伯的辛苦血汗钱，金额虽小，但意义重大，犹如小河入大海，与来自十方的慈济善款汇聚一起，成为济助众生、救苦救难的一股力量。

这个众人极少涉足的人间角落，也许有人会称它"现象地狱"或"人间地狱"。然而，这里有许多身残心不残且能自力更生的人间菩萨，他们以病苦之身来示现苦难，让许多冰封已久的爱心被启发。这些苦难菩萨，一生都与病魔搏斗，与病苦为伍，谱出许多感人的生命乐章。因此慈济人称双溪毛糯为"超越人间的天堂"。

王老伯于一九九七年六月辞世，其四大假合之身已归于尘土，然其所奉献的"无畏施"，诚如一个小小水滴投入大海，而成为"永不干涸的一滴水"。

考察一年抵不过一念

一九九五年,马来西亚经济蓬勃发展,建筑业一片欣欣向荣。当时建屋所用之红砖,供不应求,有时虽然支付现金还得排队取货。在朋友说服下,准备合伙投资开厂,希望能像在大马投资砖厂的另一位台商一样,每个月可净赚马币五十多万元。

好友在台开设砖厂已有三十多年经验,在头一年赴马考察过程中,我与他早出晚归、明察暗访,跑遍吉隆坡郊外的大小山丘。除了试探土质,也打听先前投资大马的台资砖厂之运作方式,并深入了解大马砖厂之分布情形与供需概况。一年来的考察,我们发现全马红砖供不应求,该台资砖厂是以隧道窑的生产线,高效率大量生产,无论大小订单均以现金交易。这种高利润、低风险的经营形态,在我们"内行看门道"的深入了解后,其赚钱速度之快,着实令人心动不已。

因此,我们加紧脚步在许多山区寻寻觅觅,锲而不舍,终于找到更好的土质。且此山区附近即重工业区,离市镇很远,土地价格便宜。因此我们决定,一次投资两窑。此乃经过详细的考察、数据分析，加上现成的成功案例，让我们信心笃定。不但期待所有相关作业能加速进行，亦期早日开工生产，脑中充满幸福快乐的憧憬——将来两窑同时生产，每月将有现金新台币一千万元进账，人生更加充满希望与期待。很快地，我们付订金买下该工业地，并着手进行厂房设计及选购机器设备等建厂计划书。

两个星期后的某一天，律师楼来电，告知土地产权过户有些许问题，需费时一个月处理，因此所有相关投资作业也暂时搁下。在静待律师楼回复讯息的某一天清晨，我静静地躺在床上，思绪一片清醒，突然想到将来建厂时，我必须在那穷乡僻壤的荒山野外待上两年。同时建厂的两年期间，我将无法兼顾制衣厂业务，而在那鸟不生蛋的地方更甭谈要做慈济。"砖厂尚未开始做，就要先损失制衣厂与慈济志业，如此划算吗？"这个清醒的念头刹那间浮上心头，重重地敲碎了淘金梦，更惊醒了梦中人。

我恍然大悟，"利欲攻心"果真让人丧失洞察事理的空间，而"贪念"更是让人心永不知足。所以当日一早，我立即去电台湾好友，告知土地分割既然有问题，我也兴致不再，请他原谅我的中途放弃。好友十分惊讶，无法接受我轻率如儿戏般之改变，以极其不悦的口气向我"晓以大义"兼"动之以情"，然而却丝毫无法动摇我彻悟后的坚定意志。

如果没有土地分割问题，订金已付，则紧接着必须付头期款、二期款……如果没有土地分割问题，则早已向意大利订购昂贵的整厂制砖设备；如果没有土地分割问题，则没有缓冲的一个月，可以让我静心产生此念；如果没有土地分割的问题而暂缓一个月，则投资计划全速进行，预计在一九九七年八月大量红砖将问市。其时正逢大马经济风暴、银行紧缩银根，发展商无法融资盖屋，消费者无处借贷购屋。当"红砖上市"与"金融风暴"不期而遇，好友与我则双双死得"恰逢其时"，盖因"红砖变垃圾""机器变废铁"。

考察一年，"数据"与"事实"告诉我们"稳赚"，然而人算不如天算，事后回想，那是"稳死"。故知有学历、有能力，也很努力，最终还要有老天爷的"一臂之力"。有形的力量有限，无形的力量才是无穷。老天爷的"一臂之力"，不在他方，就是"自力"。"自力"来自"多做多得，能舍能得，以致一善破千灾"。"考察一年"居然抵不过"一念"，而"一念改变一生"，与其说是"不可思议"，不如说是"本来就是这样"。

让欲望列车停驶

以前尚未学佛时常说："三餐如果没有肉，我会活不下去。山珍海味都已经不够吃了，要吃素一定会饿死！"那时候，我可以为了吃一顿美食而牺牲几个钟头，开车数十公里而不言倦。在台湾是如此，在马来西亚也是一样。

一九九六年十月，吉隆坡慈济会所将启用，我邀请新加坡一位颇有修持之佛友前来共沾法喜。启用的前一天晚上，我们因分享法喜而相谈甚欢。彼此交流各自学佛之心得，不知不觉已至隔日清晨三时。好友突然问我一句话："刘师兄！我冒昧地请问你，你是证严上人的弟子，又是负责人，但是五戒中的杀生戒都守得不清净，你讲的话会有人听吗？"被他这句突如其来的问话给震住，沉默了数秒钟后，我不知哪来的勇猛，以坚定的语气回答他："师兄！凭你这句话，我开始吃全素！"结束对谈，我也依承诺，在一夕之间，由大鱼大肉而茹素至今。

几年来的素食，非但没有让我饿死，反而因体质改善而心宽体胖。而且茹素后，吃得简单，不知不觉中培养了控制欲望的能力。因此，我深深领悟，只要能学习降低欲望、减少杂念，每个人都可以借清心寡欲而让精神更加敏锐。人因执著事相与我相，而事事存有定见、心有所求，以致私欲占满心头，虽然知道"多欲多烦恼，少欲乐知足"的道理，说起来很简单，但却不容易做到。六根接触五欲六尘而不染著，或身心远离、拒绝诱惑，除非下过功夫，否则实在难以"见境不动心"。

"欲望太多"会腐蚀一个人的心灵，也是心灵成长的最大障碍。生活中的衣、食、住、行各有各的欲望，例如工作有事业的名利欲望，买东西有购买的欲望，百货公司只要降价打折，就会激起人们购买的欲望，这是抓准人性贪欲的弱点。结果很多人不是为需要而买，而是贪便宜而买，甚至买了太多，连自己都记不得买了什么，有时忘了拿出来使用，以致时效过期而暴殄天物，这是很多人都曾有过的生活经验。

"欲望"牢牢掌控我们的心念，言行举止依起心动念进行造作，累积的行为造作则决定了我们一生的命运。心虽然会随着多欲而让我们妄念纷飞，但也会因寡欲而令我们清净安详。有时，适可而止或非同小可的欲念可能带给我们生活的滋润，也带给我们前进的动力与希望，此"欲念"我们称之为"心愿"。欲念是私欲，只是为自己，格局小；心愿是人生的愿景与抱负，格局大。所以，并非要完全无欲，只要少欲就能减少很多的烦恼。就像要做到"无我"之前，要先做到"小我"是同样的道理。"无欲"的境界不容易，但如能真正做到没有私欲，则如古人所说："无欲则刚。"这是无我的最高境界。

食欲，也是一种欲念。吃东西会觉得好吃，是因为食欲在心头，有食欲则吃什么都好吃。如果心头没有食欲，则会"心不在焉，视而不见，食而不知其味"。再怎么好吃的东西，如果没有心情吃，就会食不知味；相反地，如果心情好则胃口大开，粗茶淡饭也会甘之如饴。此犹如孔子赞叹颜回："一箪食、一瓢饮、居陋巷，回也不改其乐！"虽然物质欲望很低，但精神生活却快乐无比，这需要有内敛及内求的坚强意念，不下功夫不可能做得到。

至于爱情，也是一种欲念。有些人喜欢歌颂爱情，把爱情看得很神圣，其实说穿了，"爱情"就是"爱欲"与"情欲"的结合，它也是一种欲念。《楞严经》上说："汝爱我心"——你爱我的思慕之心，"我怜汝色"——我喜爱你漂亮的容色，"以是因缘"——就因为这样的因缘，你我经百千劫，彼此互相缠缚、互相捆绑，所以产生很多感情问题。男欢女爱有些是"缘深情难了"，有些是"缘尽情未了"。"缘深情难了"就是"不能了断"之情；"缘尽情未了"就是"无缘的结局"。不管是"难了之情"或者是"未了之情"，都叫做"不了情"，皆是为情所困、苦不堪言。不管是"不能了断"之情，或是"不了了之"之情，都会造成生命中及心灵上永不磨灭的伤痕，甚至会造成一生的遗憾。

"欲望列车"装满欲望，看似充满希望，终将令人失望。因为，它会将我们载往贪婪、自私、无情及充满烦恼的目的地。人生要当下解脱，生命要展现快乐与希望，就必须下定决心，从今天起——"让欲望列车停驶"。

感 觉

有一次,在慈济干训营的双向交流时刻,一位学员递上纸条提出问题:"学佛已有几年,但近来发现,愈学愈没有感觉,请问这是什么原因?"我十分感恩这位学员提出如此深具探讨性的问题,至今仍觉得这个发问让我学习很多。

工商社会里,机械式的忙碌生活让我们丧失许多与生俱有的感觉能力,在日常平淡公式化的生活里,我们可能认为衣、食、住、行是每天理所当然之事,上班、下班或洗衣煮饭也是日复一日的例行工作,所以对它们没什么特别感觉。有些人还认为日子过得很无奈,因此许多人借着刺激感官的视听享受或其他消遣娱乐,来纾解枯燥、烦闷、忧虑等不安的身心或工作压力,寻求短暂的快乐,哪怕这种快乐会带来危险,依然乐此不疲,盲目地追求。

当我们刻意追求快乐,快乐其实已经成为我们的负担和烦恼;愈是穷追不舍,烦恼和苦闷就愈多,愈是往外求,内心愈是空虚。因此眼、耳、鼻、舌、身、意六识,长期被色、声、香、味、触、法等六尘奴役，长期没有目标地跟着感觉走，最后造成感觉不敏锐、感受不清楚，而成为一个举止粗重的人。反映在日常生活中即为"昏沉"和"散乱"，此即"不知不觉"，生命中常常不知不觉或后知后觉，面对危机的几率自然增加，应付变化的能力则相对降低。

每一个人都有这样的经验，在激烈跑步后十分口渴之际喝下一杯水，那是清凉渗透心肺的感觉。我们也曾经目睹手术后，病人对一滴水滋润嘴唇的渴望，如果我们曾经是那个病人，我们更能体会，在嘴唇上滴上一滴水的感觉真好。好友黄乃辉是脑性麻痹患者，他曾经在慈济青少年的生活营里，以颤抖断续的声音告诉学员们说："你们喝一杯水是那么简单，而我是只喝一口水就感觉很辛苦。你们每一个人都有妈妈，而我从小就没有妈妈……"刻骨铭心的一段话感动了现场每一位孩子，至今犹言在耳、如影历历。所以，有时我们要感恩逆境，它让我们有吃苦的机会，因为吃过苦，才能体会苦尽甘来的甜美，也更懂得珍惜辛苦过后得来的成果。因为人生有苦，才能进而激发吃苦了苦的修行念头。有时虽然不处逆境，我们也可以通过观想，从中体会当下那一种知足的感觉。

一九九五年，我随慈济赈灾团两度前往柬埔寨，在摄氏四十度的正午站着发放大米，虽然大家身上带有干粮，但看着成千上万的难民，携家带眷在艳阳底下苦蹲数小时才能拿到粮票,还要到发粮处大排长龙才能领到大米,我们实在吃不下那份干粮。因此拖着疲惫的身子、饿着肚子撑到傍晚,大伙回到旅店正准备泡快熟面时,才发现旅店在白天泡好的开水已是温的,为了果腹,大家照泡不误。面虽然软硬不均,但至少还有冒出一点烟的温水汤,已让我们感觉有如荒漠甘泉,珍贵如获至宝。那是我这辈子吃过最好吃的一碗面。每当忆及赈灾的那碗面,就会心存感恩地想着:"只要有得吃,感觉都很好。"

"感觉"顾名思义就是"感性"与"觉性"。感性可以培养慈悲,觉性可以启发智慧。要有好感觉就要时时培养"好感性"与"好觉性",感性要好就要心地柔软,觉性要好就要心存正念,如此才能愈学愈靠近佛,愈学愈有感性,愈学愈有觉性。人生不一定要跟着感觉走,但却必须走得很有感觉。有了感觉,才能感受生命。一滴水、一碗面都能令人感受深刻,更何况生活周遭其他的大小事情。用眼睛细心观察,用耳朵静心聆听,之后再用心体会并转化为智慧,则每天都会过得很有感觉,而且"感觉真好"。

知足最大富

二〇〇一年七月桃芝台风过后,住在花莲的一位年迈老荣民*,有感于台风给台湾造成人命及财产的重大伤亡与损失,而毅然将毕生积蓄新台币一百万元悉数捐出救灾。

对有钱人来说,一百万元可能只是个数目而已,不是很在意。但是对一个市井小民而言,它却是需要一生省吃俭用,随着时间岁月的累积才能存到的一笔积蓄,甚至是生命中所仅有。"把它全部捐出来",更是一件非比寻常的事情,尤其是拿来救济与自己无亲无故的苦难及不幸的人,其意义更显伟大,这种大舍真是令人感动与敬佩。

投入公益事业后,数不清有多少回,被这种小人物的伟大故事及平凡人不平凡的事迹所感动而落泪。这种"难舍能舍"的感人故事,每天都由角色不同的好人在扮演:他们有些是富中之富,有些则是贫中之富。虽然每一个大爱故事的人物背景

---

* 荣民:指一九四九年左右由大陆赴台的退伍军人。——编者注

不尽相同，但是他们却都有一个共同的人格特质，那就是生活中均充满"知足"与"感恩"。因为懂得知足，所以比较不会贪恋，也因此比较能舍。因为懂得感恩，所以比较会想要报恩及回馈。更因常带感恩之念，即使在行善助人之际，也依然心存谦卑与尊重。这是一种"应无所住而生其心"的崇高意境，令人欢喜，更令人向往。

记得有一年的农历新年，我与内人前往花莲静思精舍向证严上人拜年。精舍里人来人往，海内外慈济人都把握新年假期，携家带眷承欢在上人膝下，与上人话家常。席间，有一位衣衫褴褛、皮肤黝黑、脸颊清瘦的老农夫要求面见上人，在恭敬顶礼上人后，他娓娓道来："由于平日辛勤耕作，忙于农稼，积蓄了一点小钱，在得知师父要盖医院救人后，利用新年假期特地搭了六小时的火车前来捐款……"语毕，随即从腰间掏出一些钞票，再从袜子里拿出另一些，一会儿又从夹克内层抽出一些，总共是新台币八万元。上人纳闷问他为何如此藏钱，他说："新年期间乘客拥挤，为让这些血汗钱安全地带到精舍交给上人，才如此小心藏放。"交出善款后，与上人面谈了不到二十分钟，老菩萨就作礼告假赶车回乡。至今，每每想起那感人情景，仍会十分感动。

一个知足的人，必定是"感恩目前所拥有"的人；知足的人生必定是乐观自在的人生，因为"知足常乐"。相反地，一个不知足的人必定是"内心匮乏"的人,即使家财万贯、生活优渥,仍然哀怨过其一生。因为"多欲"会腐蚀一个人的心灵,"多求"也会让一个人失去知足的空间。

老荣民穷其一生省吃俭用,然而他却将毕生积蓄捐出救灾,因为他认为把钱锁在保险箱里无法发挥功能,但是家破人亡的灾民却非常需要这笔钱。所以,虽然物质不富有,但是他内心却很知福,依然可以做一个"向内求、向外给",有能力付出、能救人的人。老菩萨终年日出而作、日落而息,不论酷暑严冬都需荷锄作稼,黝黑干瘦的脸颊已因风吹日晒雨淋而布满岁月的痕迹,身上掏出来的每一张钞票可谓"张张皆辛苦",但是奉献出来的心态却是那么怡然自得,满心自在,令人动容。

将一生的积蓄全部捐出救人,或将辛苦血汗钱捐出,这是"难舍能舍",更是"大舍"。佛说"富贵学道难",但是在现实的生活里,我们看到有的人富贵但欠缺智慧,或富贵但欠缺爱心,所以不只学道难,其布施也难。有些环境贫困的人,虽财富不多,但却富有人伤我痛的慈心悲怀,舍得布施。

生命中最有意义的是"懂得付出"而不是"拥有",真正的拥有是"与人分享"。时时心存知足、心怀感恩,则人生时时是好时,日日是好日,天天是春天。富有的人生就是知足的人生,盖因"知足天地宽""知足最大富"是也。

假如医生是病人

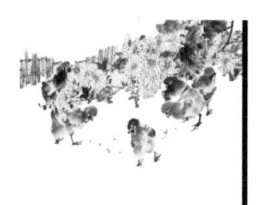

假如医生是病人

每一个人都曾经生过病,也看过各式各样不同科别的医生。有些人因小病而小悟,有些人则因大病而大悟。如果生病的人是医生,则对医生的行医心态可能会有更好的提升与转变。医生如果能以温言暖语、和颜悦色对待病人,病人心情得到宽慰,因病而不安的情绪也容易得到纾解。反之,医生如果悲心不足,甚或疾言厉色,病人除了忍气吞声,还得强忍心苦,心中自是百般无奈。

二〇〇二年九月,一位参与慈济人医会多年的新加坡口腔外科林医师,因为罹患胰腺癌需赴日本就医。他是新加坡慈济人医会几年来前往印尼巴淡岛义诊的医疗团固定成员。

在一群慈济人的祝福下,当他动身启程之日,新加坡慈济人医会召集人,也是整形外科专家的冯医师,放下忙碌工作,亲自陪伴这位与自己有如兄弟般情谊的医疗团队成员飞往日本。两个月的疗程结束后,冯医师再度搁下身边的工作,亲自赴日接他。在现今社会里,这种用心对待、真诚陪伴的患难真情,实在难得,也十分令人动容。

手术过后,与林医师素昧平生的日本慈济人熬汤熬粥、细心照料,让林医师夫妇身处异乡全无后顾之忧。而上人安排台湾委员飞往日本关怀,更让林医师在重病之际因得到上人无尽的祝福而信心倍增。返抵樟谊机场时,数十位新加坡慈济师兄姊手持"欢迎回家"大看板前往迎接,让甫抵国门的林医师夫妇,心中感动莫名。

新加坡慈济人也举行感恩晚会,给予大病初愈的林医师重生的祝福。坐在讲台上,气色尚未完全恢复的林医师与众分享患病前后的心路历程。他说:"以前行医或参加义诊时,面对病人的痛苦呻吟,多半是以职业性的语言安慰几句,很少去将心比心,或以同理心去关怀病人的心情,也甚少去体会病人的痛苦。虽然乐于投入义诊帮助贫病,却尚未做到视病如亲地医人与医心,如今生死关头走一遭,整个行医心态骤然改变。

"自己患病后,原本插在病人身上的针针管管,如今插在自己身上,每天例行的量体重,就犹如称小猪般被移来移去。病人的苦与病人的心情终于体会到。真正感受到病人对良医良护的渴望与需求,也深深体会良医良护对病人的康复有着决定性的影响。这次的医疗过程中,因在两地慈济人的接力关怀下,自己深深体会到,病人需要的是真心陪伴与精神扶持。自己能得到医生、护士以及慈济志工的耐心陪伴与关怀,更是战胜病魔的最大力量。因为病人如果对医生、护士有信心,病情就已好一半。"

尝试过病人角色的他,深知病中的感受与需求就是平日求诊病人的需求。因此,他开始改变行医的心态,学习"人伤我痛,人苦我悲",学习对病人心存感恩。因为学习"视病如亲"是提升医病关系最好的修为,也是誓为良医最基本的涵养与情操。

假如医生是病人,他就会有同理心知道生命皆平等,也方知良医之可贵、行医要谦卑。

假如医生是病人,历经"病"与"苦"的煎熬,成就"身"与"心"的淬炼,他的心念转变更会是生命中的一大跃进。

假如医生懂得施医赠药,能视病如亲,此功德更是八大福田之第一。

名医易找 良医难求

二〇〇〇年九月中旬,慈济举办第一届全球慈济人医会,十一个国家共两百多位医师,齐聚台湾慈济大林医院及花莲慈济静思堂,共商如何结合全球爱心医师,以志工或义工的性质及闻声救苦、深入苦难的大无畏精神,为国际上的灾难提供紧急适切的人道医疗救援。

除了台湾地区的医师之外,其他参与的国家有美国、印度、菲律宾、新加坡、南非、越南等国。马来西亚原先报名有四位,但因安排代诊有所困难而仅剩一位,这位马六甲中央医院妇产科的张医师饶富爱心,抱着向其他国家医师学习义诊经验的心理,与我一同飞往台湾参加五天的全球慈济人医会。除了与其他国家的医师互相交流外,此行也走访了慈济大林医院、玉里分院、关山分院及花莲慈济医院。

由于慈济在国际已举办过无数次的义诊,参与义诊的医师均自义诊中了解了慈济,也知道慈济是一个佛教团体。由于义诊的对象不分宗教、种族、国籍、肤色,因此,参与义诊的医师们也不因信仰不同而有隔阂或却步，反而因为彼此都有一颗悲天悯人的爱心，能以大爱超越了国界。

医师们深入国际贫困的角落，为苦难众生施医施药的当下，而深深体会救人的感觉真好，也因此庆幸有机缘参与救病救人的义诊活动。通过义诊，我们亲眼目睹一生从没看过医生的贫病众生，也亲身见证慈济人医会改变了许多贫病村民的一生。同时，也有许多医师自行善过程中，软化了自己冰封已久的僵化心灵，对证严法师创办慈济，将国际赈灾及义诊触角伸向地球村的不同国度，不但救度众生也感化许多医师的智慧而感佩有加。

此次参加人医会的成员中，印尼的医师大多数是伊斯兰教徒，菲律宾与新加坡医师则多数是天主教与基督教徒，而美国与台湾的医师宗教信仰则各自不一。如此不同国籍与不同宗教信仰的医师们，汇聚在佛教慈济的人医会，让人感到清净无染的大爱深具穿透力，超越宗教，含融不同种族，更跨越了国界。大家的目标单纯一致，只为凝聚慈济人医会的力量，造福更多贫苦落后、医疗贫瘠的国家。

虽然来自不同的国家，但大家却有一颗相同的爱心。当中有院长、副院长，也有心脏内科、整形外科、肿瘤科、皮肤科、妇科、牙科等各科系的医师。他们在各自的国家参与慈济所举办的义诊活动，甚至自费前往他国支援慈济义诊活动。他们都是医术精湛的医师,也都有很可观的收入,但和慈济人一样,都想充实心灵、提升自我的生命价值。

五天的会议中,有许多感人的故事。一位印尼医师上台分享心得时说,他掌管空军几所医院且官拜将军,他有随身侍卫及两位司机,但是来台湾在大林医院时,他们是六人同睡一室、共用一间浴厕,而且睡在磨石地板上。不过,他微笑地说:"没有关系,我感到很欢喜!在证严法师这里是人人平等!"接着又说,在印尼开会时,他总是坐在最前排,但是在慈济里,只要动作慢了一点,他只得坐到最后一排。不过,他又微笑地说:"没有关系,我感到很欢喜!在证严法师这里是人人平等!"语毕,哄堂大笑,也博得如雷的掌声。

一位台湾的陈医师上台分享时说,在九二一大地震时,参与慈济在灾区的义诊工作,随着慈济人深入残垣断壁中去寻找伤者,被慈济人身体力行、全心奉献、默默付出无所求的精神所感动,也深深感动于证严法师以慈心悲怀通过实践哲学来身教弟子。他心有感触地说:"身为医师不应只会看病而不会看人,要做救人的医师就要以医病医心的良医来自我期许。"接着又以感性的语气说:"证严上人推动四大志业、八大脚印,以弱小身躯力扛遍布全球的如来家业,因此自喻老牛拉车。而我则要做马来配合,以做牛做马来奉献自己、造福人群。"我们坐在台下均为这位医师的肺腑之言感动不已。

原本自恃甚高的医师，在慈济人文精神的熏陶下，放下了身段，柔软了声色，更发愿要做一位生命重建的工程师，协助推动医疗志业的希望工程。慈济精神之净化人心，许多不同国家、不同宗教的医师们也纷纷被其感化而软化了心灵，其力量所及，可谓无远弗届。

慈济医疗志业正朝向医疗普遍化迈进，不只是台湾，马来西亚的慈济志业也紧紧跟随台湾的脚步，继槟城分会成立洗肾中心后，马六甲分会也成立义诊中心。而离首都吉隆坡四十多公里的巴生，也在二〇〇二年八月人医会成立后，号召了十多位良医，预定在慈济三十七周年庆的同时成立"巴生慈济义诊中心*"。

"慈济人医会"让许多医师在成为名医之余，也有成为良医的美好愿景。而其愿景乃是希望除了医人、医病、医心之外，也能通过在苦难深处的义诊，去体悟人间疾苦，并深深感恩每一位贫病众生。因为有苦难的贫病，才能成就大医王与白衣大士。期望不久的将来，有更多的医师加入良医的大爱行列，无所求地奉献医术与慈悲，医人医病之后也医得平安共享。

---

* 巴生慈济义诊中心于2003年正式启用，是慈济海外第四间义诊中心，发挥守护生命、嘉惠贫困的良能。

此院非彼院 此台非彼台

前一阵子在报章上看到一篇文章，作者是一位有博士头衔的大学校长。他认同慈济的济世志业，但却质疑台湾的大小医院已经够多，为何慈济还要盖医院？读了这篇文章后，我感触良多，也感慨万千。感触于尚未了解慈济之前的我，也是如此疑惑，也感慨于一个人即使是博学多闻且学有专精，也未必是智慧开启。

三十七年前，证严上人因地上的一摊血，而萌发盖医院救人的念头，同时也期许医院盖好后不但要成为守护生命的磐石，更要成为一个启发人心、传扬大爱的菩萨训练所。彼时，慈济仅有新台币三千万，却要盖一个预算八亿元的医院，加上没有经验也没有人才，因此众人皆曰不可。一九九六年，证严上人有感于台湾电视频道开放后，谈玄说妙、怪力乱神、哗众取宠、暴力色情及黑暗冲突等娱乐性与恐怖性节目充斥，而报导美善、启发良知、宣扬人性光明的教育性节目贫乏，因此发愿要通过电视频道来净化人心。然而，证严上人浑然不知成立电视台所需之经费无异于盖一所医院，加上没有经验也没有人才，因此众人又曰不可。

一九八六年花莲慈济医院像神话般落成启用，这个一砖、一瓦、一粒沙皆来自十方大德的救人医院，从筹建过程到落成启用，启发了无数海内外人士的大爱奉献，缔造了许许多多小人物的伟大故事，也谱出了许多平凡人不平凡的感人事迹，堪称台湾在创造经济奇迹以外的另一项爱心奇迹。这个医人医病又医心的医院，只是慈济医疗志业的过程，而非目的，其真正目的乃在救人救心、启发良医良护、培养爱心志工，一言以蔽之就是"在救人的过程中也净化人心"。

一九九八年一月一日，慈济大爱电视台正式开播，这个清净频道，通过卫星转播，将人间大爱的美善讯息传送到全球三十几个国家，为虚靡的社会注入一股清流，也将这股清流输送到每一个家庭里，如此长期的耳濡目染，就能酝酿成一股导正人心的力量。抢救生命的慈济医院启用了，挽救慧命的大爱台也开播了。回首当年，如果没有证严上人的坚持，哪有今日伟大动人的事迹？坚持的背后虽然必须忍受许多煎熬，但也因此造就了许多真善美的有情世界。

如以数量而言，台湾的医院或诊所当然不少，电视频道与节目更是不缺。但是，以性质而言，医病兼医心的医院不多，老少咸宜、阖家观赏的清净频道更是难得。财团兴建医院属于企业集团的多元化经营，其主要目的是创造利润。虽然也是在帮人医病，但仍属"银货两讫"的买卖行为，因此与"功德无量"无关。财团经营电视台也是如此，因为要赚钱，所以需以市场为导向，节目内容迁就观众口味，娱乐有余却教育不足，更谈不上导正社会风气。尤有甚者，刻意炒作新闻，甚至哗众取宠，目的只为提高收视率，增加广告营收。因此与大爱电视台没有商业性广告，以发扬人性光明及以善导善的诉求，截然不同。

传播媒体的社会责任是成为病态社会的抗体，而非病态社会的病源。"大爱台"是清净的频道，也是病态社会中的一股清流。同理，医师不应只是帮人"医病"，更要以关爱及尊重的情操帮病人"医心"。而懂得感恩病人的良医更是佛家所言之悬壶济世的"大医王"。

名医易得，良医难求。"医术好"会让人赞赏，"医德好"则会赢得人们的敬重。"视病如亲"是成为良医不可缺少的慈心与悲怀，而慈济医院就是培养良医、培训白衣大士的训练场。在世风衰败、道德日渐衰微的现今社会，"慈济大爱电视台"是挽救慧命的希望所在，而"慈济医疗志业"则是救人救心的希望工程。为了净化人心，这样的医院、这样的电视台，慈济当然要赶快盖、赶快创立。

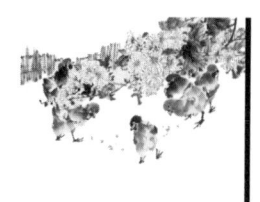

身病难医 心病好医

有一天,我和几位慈济人去探访一位因车祸而下半身瘫痪的贵妇。她住的是一间居高临下,可以鸟瞰新加坡美丽夜景的楼中楼。我站在阳台,俯瞰城市美景,感到心旷神怡,也深深感觉,没有大福报的人是没有办法住在这有如天堂的地方。但是贵妇并没有住在天堂的感觉,几年前的一场车祸,改变了她一生的命运。因心情不好,所以再怎么美丽的风光,看起来也都不美,身在天堂,心却难开。

她说自小就过着很优渥的生活,父母从来没有让她吃过苦。如今行动不便,需以轮椅代步,让她十分感慨造化如此弄人。她抱怨脚不能走,我安慰她:"脚虽不能走,但轮椅可以走啊!"她又抱怨很多地方不能去,也不方便去,我则告诉她:"我现在也是很多地方不能去,也不方便去。你是脚不能走,而不方便去;我是脚方便走,但也不方便去。这样,我和你有什么两样?"并劝勉她说:"去你方便去的地方,不要去你不方便去的地方!人要依自己的条件,走出自己的人生道路来!这就是生命的至理。"她莞尔一笑。

在这之前的两个礼拜,有一位慈济会员在几位朋友的陪伴下前来新马旅游散心。她因先生外遇而蒙受打击,成为"感情的受灾户",朋友希望借着出国散心,为她疗伤止痛。有一晚,我们因为说话投机而聊至清晨,最后她说:"你说的话,我听得懂。但是,身病好医,心病难医啊!"我回她:"我以前也是这样认为,而很多人也是如此想法。但是,自从学佛后,我开始改变过去的思维,现在我认为:'身病难医,心病好医'。"她一阵疑惑,我则继续解释:我的腰骨神经压迫,发作时会痛楚难当,多年来一直无法根治;有些人得了重病,疗程是几个月甚至几年;即使最简单的感冒,都会让我们辛苦好几天。所以,我深刻感受"身病难医"。

心理的病虽然也会令人痛不欲生,但终究它还是在一念之间,转一下念头只是几秒钟的事情。她说:"如果这么简单,为什么还有那么多人有烦恼、有痛苦?""所以我们才要预作准备,这就是修行!"我如是回答。我们都是在经历了人生无常、人生是苦之后,才感觉人生的包袱好多、好重,这些包袱逐渐成为我们的苦恼。苦恼日积月累,让我们生活不轻安,我们才会想要放下这些包袱,有了这样的动机就是修行的开始。

既然要修行就要把握因缘,循序渐进,日积月累,时间一到,自然能"一念含融三千界""守住最初一念心"。要这样,就要提前加温，就如保温瓶里的水，要让它沸腾，总比将生水煮成沸水来得容易。相反地，平常不做好准备，机会当然不会留给还没准备好的人。如此，困境现前，自然会束手无策。

贵妇的半身瘫痪，令其身苦心也苦。苦是瘫痪，不苦也是瘫痪，如果平常就做好准备，我们一定宁愿选择"身苦但心不要苦"，这样才有可能减轻痛苦。会员先生的外遇令她身没病，心却苦。心病了，即使身体没病，也会像个病人一样。如果平常就做好准备，我们一定宁愿选择"转个念头不再苦"。

身病也好，心病也好，要让病苦减轻，就要医病也医心。身病靠良医，心病靠善念。只要每天做好准备，轻安自在的人生就会留给万事准备好的人。

心中有爱

某一天下午，受朋友之邀，我与几位企业家夫人午餐后茶叙。我们彼此交换人生经验，席间有人畅谈如何享受幸福快乐的居家生活——有人感恩先生让一家大小生活优渥，无后顾之忧；有人分享儿子在海外成家立业，不但事业做得有声有色，而且家庭美满幸福，令人称羡；也有人诉说自己的生活规划，除了练书法、学作画，还常参加上流社会的许多宴会。我则与众人分享自己踏入慈济后的心路历程与生命转折，并叙述发生在当天的一个脑水肿婴儿个案。

当日早上十一时多，印尼巴淡岛有一个八月大女婴FIFI，在妈妈的怀抱下，乘坐渡轮来到新加坡。FIFI自出世后，脑部像气球般不断肿大，由于脑内受到破坏而致双眼失明。前几天，慈济正好在当地举办大型义诊，她的妈妈带她前来寻求医治，鉴于当地设备不足，慈济人医会医师建议妈妈带孩子来狮城诊断。FIFI的家庭一贫如洗，连办护照的钱都没有，在慈济社工人员的协助下，母女两天之内办妥护照，紧急前来新加坡。

而慈济也以紧急个案处理,在人医会医师及院方的配合下,协议将医疗费用按特案打折扣,并由慈济协助新币七千多元的手术费。

下午二时半,医师在电脑扫描诊断后,发现婴儿头颅内缺少大脑组织并充满积水,因而宣布无法医治,女婴的病情将使其呼吸逐日减弱直至呼吸停止。满怀希望而来的母亲,顿时情绪崩溃、嚎啕大哭,令人痛心。而在医师诊断过程中,母亲才道出自己因婚后九年不孕,而以新币两百元代价向别人领养了刚出生十二天的FIFI,虽小孩罹患怪病异于常人,但仍视其为掌上明珠,疼爱有加。鉴于母亲情绪低落,母女两人急需有人抚慰,因此两位慈济师姊陪伴她们,为其采购婴儿奶粉及用品,并一路护送她们回巴淡岛。也由于家里距码头尚有一小时车程,巴淡岛的发心志工已在半途等候,准备接手将其母女护送返家,好让新加坡的师姊赶上回程船班。

FIFI的母亲因为心中有爱,所以对FIFI不愿放弃,即使非己所生,依然视如己出。人医会医师因为心中有爱,所以承诺不收手术费,以减轻慈济的负担。慈济人心中有爱,所以才能人伤我痛、人苦我悲,以接力方式完成送医及护送回家的程序。

很多人都认为自己心中有爱,就如那天茶叙中,一位企业家夫人所说,她认为自己心中有爱,因为她不做坏事不害人。但我跟她说,不做坏事也不害人是做人的本分,那还不能叫做好人，只能说"不是坏人"。好人是除了心想好意及心中有爱之外，还需将爱付诸实践，将善心化为善行。而有智慧的好人，除了能时时以同理心对待别人，更能以妙法让苦难的人离苦得乐；也能应机说教，让有知识的人转识成智。如此悲智双运，才能净化人心。

"人之初，性本善"，人人本具如来智慧与德相。"江山易改，本性难移"，是因为原本清净的本性受到后天环境的污染，而造成"积习难改"。"心中有爱"是快乐希望的种子，会让黑暗变光明，会让人生充满光辉灿烂的曙光。"心中缺爱"则无法与人分享爱，因为缺爱的人生必定是苦涩黯淡的人生，同时也是我们需要关爱与帮助的对象。

如果我们已经心中有爱，则需更进一步自我期勉，做到"心行平等"。"心中有爱"是慈悲，"心行平等"是智慧。无私的大爱与清净的智慧双轨并行，才是不偏不倚的正向人生。

面对生死病苦也要用心

一九九八年六月，内人因脑下垂体肿瘤，而住进慈济医院准备动脑部手术。由于肿瘤靠近视神经又紧贴大动脉，不但是大手术，而且会有后遗症，因此心情十分紧张。内人一心向佛，又勤于菩萨道，自认面对许多困难逆境及人我是非可以一心不乱。然而，面对难缠的脑瘤，她自感力量不足，精神顿失依怙。

手术的前一天，她要我至精舍拜见上人，祈求上人给予加持。我深知这是病苦者内心急需精神慰藉与扶持的一种心理反应。当我向上人如此请求时，上人以坚定又鼓励的语气说道："在菩萨道里为众生所付出的，就是对自己最好的加持。"并说："你帮我转告慈露，她在菩萨道上付出很多，她要相信自己就可以给自己加持。"语毕，我感觉到一股自信的心灵力量，也深深体会，唯有正信才能让人乱中生定、定中生慧，因此心情稍感自在。

手术过后，荷尔蒙指数是脑部机能恢复正常与否的重要指标。每日随着指数的起伏，内人心情七上八下，加上靠近视神经的部分肿瘤，经医师告知仍须接受数个月的持续电疗，而肿瘤可否完全清除仍需视电疗的情况而定。想到病情不单纯，内人情绪又陷入无助与彷徨。上人几次前来探病，看出其原本坚强之意志已因病动摇。在一次探访中，上人观机逗教，以慈悲又带激励的口吻对内人慈示："慈露！你要多用心！佛法是往内求，要相信自己可以救人，也可以救自己。"轻轻几个字，重重地敲在我俩的心坎上，如醍醐灌顶、大梦初醒。是的，平日我们用心学佛，而学佛千日不就是要用在今日这一朝吗？这就是考验我们能否"身病心不病"的重要契机，我们平常不也是如此地激励别人？

学佛就是要学了脱生死，虽然平日已在修行过程中做好心理准备，但是"病苦"却会摧残一个人的心灵与斗志。连出生入死、骁勇善战的英雄都最怕病来磨，因此才有"病苦之折磨更甚于死亡"之说，真是肺腑之言、所言中的。而"久病"更会折磨一个人的意志，有些久病的重症患者甚至会常喟叹生不如死，并有"求生不能、求死不得"之痛苦与无奈。

未经历病痛的人无法深刻体会病者之"身心俱苦"。经过这次的"病痛苦修"后，内人常跟我分享辅导病人的心得，那也是病人最需要的——"用心倾听"与"耐心陪伴"。病人不听"要看开""要放下"这类的话，因为他们会说："生病的又不是你，你无法感受我们的病苦。"我们常常劝导人家要看开、要放下，结果当自己碰到不如意或病苦时，才能真正体会"看开放下"还真是不容易啊！

在慈济世界里，常看见一些身病心不病的菩萨示现，他们对"病"与"死"之坦然面对，很值得我们学习。有一位跟随上人三十多年的七十多岁老委员，在临终的前几天，上人前往探病，原本昏睡的她顿时惊醒，上人亲切问候她："你还在睡觉啊？"老委员腼腆笑着，以微弱的声音回答说："我现在是在睡师父的份，师父太忙了，我替你睡！"生命临终，尚如此幽默及洒脱自在，实在如《心经》所言："心无罣碍，无罣碍故，无有恐怖，远离颠倒梦想。"老菩萨临终前，心不贪恋，意不颠倒，其一心不乱，令生死两相安，实在令人称羡。

也有一位荣董师兄在癌症末期时，强忍癌痛，婉拒让生命获得短暂延续的手术，为的是要让往生后的遗体完整保存，以作为慈济医学院大体解剖之用。他将病与死置之度外、谈生论死不畏惧，真是令人崇敬的"舍身菩萨"，也是值得我们学习的"生命勇者"。

人的身体如果病了，心不能再病。有些人是身体有病，但心却不病，所以虽然有病在身，精神却十分敏锐。有些人则是身体没病，但心理有病——常认为自己有病，所以做什么事都缺乏信心与力量，让人一看就是一副病人的颓丧样子。

人不可能不生病，就像车子不可能不发生故障，所以生病是很自然的事情。车子坏了要送修车厂，人生病了就要送医院。既在医院，就要把身体交给医生，把心交给观世音菩萨、圣母玛丽亚、耶稣基督或阿拉真主。车子坏到不能修时，就换一辆新车；人病到不能医治，就不要再眷恋，快去快回，再换一个健康的身体，重新投胎做人，做一个有用的人。这就是生命的态度，也是一种生命的教育。

内人因为上人的一句开示而大彻大悟。所以病痛虽然很苦，但唯有以欢喜心接纳它，我们才有机会改变它。如果我们不甘愿接纳它、不喜欢它，它就会愈折磨我们，使我们愈苦。当病苦示现时，因为欢喜接纳，所以我们精神敏锐；因为精神敏锐，所以我们信心增强，因为信心增强，所以身体抵抗力提升，病情自然好转，这就是"不可思议的力量"，也是心灵妙法。

人有生、老、病、死、苦，有生就会有死，即使不想死还是会死，不想老还是会老，这是永恒不变的生命法则与定律。生老病死既然与我们如影随形、无法逃避，那么就面对它、接纳它。当我们以欢喜心去面对、接纳时，我们会发现它不再那么可怕，因为我们已经有能力"化敌为友"，而这种能力就是来自——"用心在生老病死上面"。

明天与无常,哪个先到?

迷信不如不信
不信不如正信

有一位先生,因为行车超速而发生车祸,经过几个月的治疗及复健后,他与家人前往精舍拜见上人。他问上人:"我在车子的挡风玻璃上,虔诚地贴上了佛陀的法照,为什么佛陀没有来保佑我?"上人回答:"其实佛陀有去保护你,但是你车子实在开得太快了,佛陀赶不上,只好眼睁睁地看着你发生车祸!"这是一段有趣的对答,但却启示我们,不管信仰什么宗教,唯有正信深信才能以正破邪,而迷信只会令人疑心生暗鬼。

忙碌的工商社会,人们一切讲求快速。老师们一心想学得教学技巧,希望能在教学中马上立竿见影、改变学生,但却忽略在自己身上培养修身养性的身教。人们急功近利,奢望借多买彩票而一夜致富,却因此养成投机取巧、心存贪恋及做事不脚踏实地的习性。一般人迷信于神通感应,希望借神威力,趋吉避凶、消灾解厄。一味地祈求神明庇佑,自己却吝于帮助别人,这是迷信的民间信仰,而非正信的宗教。

在物质丰富的社会里,人们因为多欲而多求,也因多求而多烦恼。烦恼不断,却又无法自行了断,因此求助于神明,希望有求必应。例如在神桌上供奉两颗苹果,就想祈求神明保佑全家平安、事业赚大钱。如果我是那尊神,我绝对不敢吃那两颗苹果。因为,才吃你两颗苹果,就要保佑你全家平安、事业赚大钱?更何况拜完,苹果还是拜的人自己吃掉,天下哪有这等如意好事?而且,不只好人爱拜爱求,坏人也在拜在求。坏人求的也许是——明天去抢银行,不要被警察抓到。

如果通通有求必应,娑婆世界哪会有八大苦?人生会苦,就因为有"求不得苦",这是八苦之一,它就在你我生活周遭,而且我们每天都必须面对。如果好人坏人都有求必应,将会造成因果错乱。一旦因果错乱,天下岂不大乱?生前不行善造福,累积善业,甚至无恶不作,往生后却大做法会祈求超生,如果这么容易就可以超生得度,那修行一事所作为何?这是缘木求鱼,不可能的事情。

证严上人说:"要别人帮我们助念,不如自己家人念,自己家人念不如自己念,自己念不如自己做。"言下之意,就是"自耕福田,自得福缘""公修公得,婆修婆得",套句俗话,就是"各人吃饭各人饱"。你修行是你所得,我用心是我所得。因此,正信者不说"福地福人居",而相信"福人居福地"。一个有福的人住哪里,哪里就是福地。一个福报不够的人,即使居于福地，也会因本身福薄而无福可享。同时，正信的人更相信，自己看着喜欢的就是好风水，因为心正气盛邪不侵，所以心无罣碍而住得欢喜自在。

费尽心思求来的不能叫做"有求必应"，它仍属于"命中注定"。而命运是决定在自己善恶的行为造作，果报是决定在善恶的业力牵引。所以，是福是祸端看个人所造的善业与恶业，善业多则享福报，恶业多则受苦报。要改变命运，只有行善还不够，还需要积善。所以《易经》开头第一章说"积善之家必有余庆"，这与"哪里求、怎么求"无关。

正信者深信——"与其靠人加持灌顶，不如靠自己亲手遍布施。"一个人时时心存好意、身行好事，就是对自己最好的加持及灌顶。因为，自己就有自性三宝，自己就本具佛性，自己就是自己生命中最大的贵人。

还有明天

话说有一天,阎罗王召开地狱的干部会议,商讨如何才能让地狱的人口增加,牛头首先发言:"我会告诉世间的人们没有天堂,如此大家就不想去行善。"马面则说:"我要告诉世间的人们没有地狱,如此大家就会放心地去做坏事。"阎罗王觉得这两个想法还不是很好,此时有一位小鬼举手发言说:"我要告诉世间的人们还有明天。"阎罗王闻后深表赞同。

这则故事寓意善巧但却发人深省,警惕人心。我们常因满脑子妄想而忽略了今天,也常因一味地追求天长地久而没有把握现在所拥有。我们都是从放逸自己的那一刻开始懈怠,也是自懈怠的那一刻开始造业;恶业积少成多,因缘成熟自然沉沦地狱。

"还有明天"的消极心态会侵蚀一个人的进取心,也会腐蚀一个人的斗志。因为还有明天,所以有些人不急着行孝;因为还有明天,所以习性与个性不急着去改;因为还有明天,所以要等孩子长大,事业有成再行善、造福。然而世事难料,一旦无常示现、福报享尽时,"明天"将不再是希望、理想或憧憬,而是遗憾、后悔、埋怨、自责等惩罚。除非本具善根,能借境启发慧性,或有缘结识善知识,随缘启发良知,否则"还有明天"的懈怠心理,将使我们错失了该把握却没有及时把握的好因缘,而让每一个明天充满了消极、悲观和遗憾,严重时甚至痛苦后悔一生。

"明日复明日,明日何其多?"明天对某些人而言是充满希望——希望美梦成真;对另一些人而言,明天却是苦难的延续,希望早日解脱;而对把握光阴、分秒不空过的人来说,明天却是另一个警惕,警惕我们——不知是明天先来还是无常先到,也警惕我们把握今天、把握当下。因此,未来事不可得,过去事也不可得,唯有活在当下才是踏实的人生。古谚云:"过去种种譬如昨日死,未来种种譬如今日生。"它提醒我们过去的已经过去,与现在无关;未来的则不知是否与我们有关;只有现在、当下和今天是与我们息息相关的。有些人常常以回忆过去来烦恼自己,也有些人常妄想未来而困扰自己,由于杂念与妄想充满心田,以致心思纷乱,而无法让日子过得轻安悦乐。

"生命的意义不在于生命的长短,而在于生命过程中发挥了多少良知与良能。"要发挥人生功能,心态上最好不要太期待明天。并非明天不重要,而是今天更重要。也并非明天没有希望,而是今天更有希望。把握今天远比期待明天来得可靠。过去的已成杂念，未来的乃是妄想。与其期待"还有明天"，不如"把握今天"，毕竟"妄想明天"与"发挥今天"，终究还是一念之间。因为妄想明天，会不知是哪一个明天，也有可能没有明天，而把握今天则就在我们身边。所以应该说"没有明天"，因为每一个明天都是今天。

# 心灵灾难之省思

在马来西亚首都吉隆坡,曾经有一位学业成绩很好,又时常参与慈善活动的大学生,于某天深夜,突然在自家寝室上吊自杀。此事惊动整个社会,更让事前没有察觉任何征兆的父母,无法接受这突如其来的打击。面对乖巧善良的儿子,以如此方式结束生命、不告而别,家人真是痛不欲生,更无法理解。

在马六甲,曾经发生一桩殉情事件:男方是医学院毕业生,在新加坡某医院当实习医生,女方是即将毕业的高三学生,双方彼此情投意合,相恋已有一段时间。由于男方身处他乡,在"一日不见如隔三秋"的思念下,风闻、猜忌女友另结新欢,他内心未曾冷静思考,即火速赶回马六甲,不知双方在旅店中如何沟通,仅知双双跳楼自尽。事后证实所谓的新欢,其实只是女方的昔日普通好友。

死有"重于泰山",也有"轻于鸿毛",但"自杀"事件发生在高学历的知识青年身上,不得不让人有所省思与探究。尤其是"不知为何而死"或"一时冲动而死",更让人疑惑的是,

数年苦读所获知识与学问，在人生困境与逆境中到底发挥了什么样的功能？几十年来，学校教育着重学业成绩，造就了许多很会读书但不会做人处事的学生，也培养了许多很聪明但常被聪明所误的"危险的好孩子"。

很多人甚至不知道，自杀犯了两种罪：一为"杀生之罪"，一为"不孝之罪"。自己也是众生之一，即使杀己生命亦属杀生。古有名训：身体为父母之精血，发肤受之父母，不可毁伤。因此，毁己生命即属不孝。

会读书的孩子，不一定是好孩子，端看能否把书中做人处事的道理落实在日常生活中，此即生活教育，也就是人格教育，与心灵成长息息相关。会读书的孩子领悟力强，可塑性高，也较易启发，会有较多的人生机会。但如果启发出来的仍停留在知识和学问的领域，则造成佛法中所说的"所知障"。简言之，就是知识学问如不能淬炼使其升华成为智慧，则反而容易形成心灵成长的障碍，充其量只不过是谋生的工具而已。此即为何现今社会上，有许多"很有钱但很没有爱心"的人，及"学历很高但智慧不高"的人。

"自杀"未成为事实之前，自杀者的心灵灾难早已形成。"世贸大楼被撞击"未成为事实之前，恐怖分子的心灵灾难其实早已形成。"风灾、水灾、泥石流"的天灾人祸未成为事实之前，"私心贪念""营私自利"的心灵灾难早已酝酿。因此，求学过程中、日常生活中，尤其是生命历程中，我们是否具备"正确的人生观"及"智信的宗教观"，则关系着我们的心灵能否净化成长，或是否染着停滞。当然，它更关系着我们每一个人的未来是否幸福美满。

"心灵净化"则言行举止中规中矩，生命历程乐观坚强。"心灵污染"则身心不调，言行失序，极易形成"心灵灾难"，酿成"人祸"。身行聆听心灵的使唤，心灵更是是非善恶的主宰。错一步则千步差，对一念则海阔天空。倘人人心灵净化，则心灵的桃花源不是幻想，也不在天边，它就在你我的眼前。

灾难无情 人祸在先

马来西亚慈济人为印度赈灾的募款活动才刚结束,二〇〇一年七月三十日又惊闻台湾遭逢中度台风——桃芝的侵袭。强风挟带豪雨造成山洪暴发,导致河水暴涨、土石崩塌,重创东部花莲及中部南投,造成八十八人死亡,一百三十三人失踪,无数家庭亲离子散,家园毁于一旦。九二一大地震的梦魇未了,人们余悸犹存,桃芝台风又带来灾难,造成死伤累累,叫人闻灾色变,不寒而栗。

正当台湾慈济人全面投入救灾之际,八月一日印尼苏门答腊西北岸外的尼亚斯岛亦发生豪雨侵袭,造成六十多人丧生、八百多人失踪的不幸灾难。原本以为佛经上曾说,世纪末年正值坏劫时期,灾难才会偏多。没想到二十一世纪才开始,萨尔瓦多在一月十四日就爆发里氏七点六级的大地震,造成两千多人丧生;紧接着,一月二十三日印度大地震,威力更高达里氏七点九级,造成两万多人往生。此外,大大小小的天灾人祸也时有所闻,让人感觉世纪初,灾难一样偏多。过去不曾发生的现在发生了，过去没那么严重的现在更令人触目惊心。

　　国际大小灾难不断，可能与全球气候大反常有关。然而有些灾难的发生却是"人祸在先"。穷兵黩武的国家，人民在枪林弹雨中迁徙流离，生命朝不保夕。有些较幸运的难民，虽保住性命，但在战争无情的摧残下，有的缺手断脚而残废一生，有的则因失去亲人而成为战争孤儿。战争给人类带来了祸害与灾难，此即"人祸"。

　　有些天灾发生也因人祸在先。因为人为的不重环保，造成空气与水质污染，让地球无法呼吸而破坏大自然的循环。因为人为的滥垦滥伐，造成山林破坏、土质流失，原本山明水秀、风光旖旎的大自然，如今四处光秃、满目疮痍。大地好比我们的母亲，人类滥垦滥伐，就如同在拔大地母亲的头发；人类移山填海、破坏山河，就如同在挖大地母亲的肉。母亲静静地让我们为所欲为，直到有一天被肆虐得遍体鳞伤再也无法忍受时，母亲才开始伤心哭泣，甚至痛苦哀嚎。此时，大地的子民开始感受恐惧，开始思考如何保护生态、还宇宙一个干净的地球，可这是否已为时过晚？

　　"天空破了洞，大地在哭泣"，带来的是天灾不断。天灾不断其实都是人祸在先。灾难发生时我们都说"人生无常"，可是为什么我们孩提时代没有这么多严重的灾难，也没有这么多的"无常"？我们是否曾深入思维，天灾既是无常，无常也是一种意外，意外则来自人类的疏忽，而此疏忽正是我们的"习性"使然。人类的习性不只是"疏忽"或没有"居安思危"的意识而已，社会进步也造成人们急功近利、唯利是图之恶习，以致忽略守望相助、互相关怀及牺牲奉献的人格教育提升，往往为求一己之私利而罔顾公德。这种私情小爱的心态使得人们"只顾自扫门前雪，不管他人瓦上霜"，这种"心灵污染"才是灾难的根源。

环境的污染容易清除，心灵的污染则不易净化。"心灵污染"会使人们思想偏差、行为脱序，不但戕害自己，甚至所作所为贻害人群，情况严重时则因恶缘积累而形成灾难。"心灵净化"能使人与人之间互相尊重、互相关怀、互相包容，懂得富而好礼，乐于为人付出。佛经上说："心净国土净"，意即启示我们：人心净化，社会才会祥和。倘若人人心灵净化，社会一片祥和，则善业聚集，大福、大爱无处不在，天下太平。这就是无灾无难。

居安思危 体解无常

俗语说:"天有不测风云,人有旦夕祸福。"又说:"花无百日红,人无千日好。"意即告诉我们"人生无常"。预测不到的事情,常常在日常生活中出现,让我们的人生时时充满变数,甚至难以应付。无常如果只是让我们短暂地处于困境,则事过境迁,成为人生中的经历,我们顶多拿来自我警惕。但是,如果无常示现,造成一生无法挽救或无可弥补的缺憾,则我们可能因此抱憾终身,甚至痛苦一世。

有些人自认聪明绝顶,善于精打细算,甚至什么事都能料事如神;但是千算万算,一件事我们永远算不准,那就是"无常"。"无常"如果那么容易被我们料到,就不叫"无常",而叫做"如常"。人生不如意之事十常八九,加上娑婆世界苦难偏多,也因此佛陀劝勉世人要觉悟两件事:一是"无常",一是"苦"。觉悟"世事无常"与"人生是苦",方知在顺境中要有"无常观",提醒自己人生无常,要居安思危;在逆境中要有"因缘观",警惕自己凡事缘生缘灭,也借此激励自己"逆来顺受"。

无常示现可能来自一场意外，意外可能来自疏忽，而疏忽则来自我们的习性。无常也可能来自因缘果报，与三世因缘有关，也就是"预知前世因，今生受者是"。无论缘自何处，其"无常示现"即意味"业报现前"。轻者有惊无险或有灾无难，而重者可能"苦难相随"，让我们不堪回首，甚至失去希望的未来。所以，没有宗教信仰没关系，至少"不信"还好过"迷信"。没有宗教信仰的人，如果认为好事不必做，因为好事做多也不会上天堂，那么更会误认坏事可以多做，因为坏事做多了也不会下地狱，如此因果错乱，天下岂不大乱？

世人常说："善有善报，恶有恶报，不是不报，时辰未到。"此乃过去社会人心较为纯朴，所作所为以小善小恶居多，为了让行善尚未得善报者，及行恶尚未得果报者，能深信一切之行为造作，仍不离"种如是因，得如是果"，因此才有"不是不报，时辰未到"之说法。反观现今社会，五浊恶世中，人心虚糜，急功近利，社会中的暴力、冲突、黑暗、色情等乱象，及谈玄说妙、怪力乱神等邪知邪见日渐腐蚀人心，因此，无常示现的不再是小善小恶，取而代之的是"天灾""人祸""刀兵劫"等大灾大难。过去没发生的，现在接二连三地发生，不但骇人听闻，而且一个比一个严重。同理，现在未发生的并不代表以后就不会发生，有时甚至"不会不报，马上就报"。

古谚所谓"先天下之忧而忧,后天下之乐而乐""人无远虑,必有近忧",真是言简意赅,提醒我们要"居安思危"。证严上人常教诲慈济人,要"感受人生",不要"享受人生"。知道人生无常还不够,还要体解,并付诸行动——行善造福,为自己累积善业福果。如此,即使无常来了,有可能因"重业轻报",使我们无怨无悔。如果能逢凶化吉、诸事顺利,即是"一善破千灾"。"人若知道有来春,就要预留来春谷;人若知道有来世,就要勤植来世福。"这是处世良言,不得不深思啊!

注重运动与营养
还不一定会健康

一九九八年十一月的某一天下午,我正在开车,突然接获一通不知名的电话告诉我,她的朋友罹患绝症,终日躺在床上,心情郁闷寡欢,急需有人给予关怀。由于知道慈济团体能提供协助,在友人的介绍下,才冒昧直接打电话给我,希望能及时给予这位患者精神上的扶持。

凭着对方留下的一个手机号码,我联络上这位患病在家的年轻朋友,他叫陈德发。电话中感觉他很友善,也很健谈,可能与他长期卧病、无人可以倾诉有关,隐隐约约听得出他对友情的渴望。与他约好时间后,便准备前往他家造访,以便深入了解,看慈济能给他哪些方面的协助。

记得那是一个艳阳高照的下午,我和我家师姊联袂前往探访。这是一间位处马六甲市区的租屋,为我们开门的是一位年纪六十多岁、慈祥和蔼的老妇人。她是德发的母亲,负责照顾儿子吃饭、用药等生活起居,甚至大小便的清洁工作。德发的父亲早已往生，德发自从一年前罹患疑似骨癌肿瘤后，全靠年迈的母亲早晚贴身照料，一年来跑遍吉隆坡及新加坡各大医院求诊，也都是母亲全程在旁照料。

在告知来意后，母子两人均十分高兴有人来访，尤其知道我们是来自慈济功德会，更是备感亲切。融洽的气氛，让德发及母亲很主动也很乐意地将四处求诊的来龙去脉为我们详述。言谈中，我们对这位伟大的母亲留下既深刻又良好的印象。躺在病床上的德发，精神尚称良好，他看遍了各大医院，没有一家敢肯定地说出病因，仅告诉他要长期靠化疗来稳定病情，因此他一直认为自己得了不知名的绝症。而病魔从早期的大腿处，逐渐侵蚀背部，造成背部有几个凸起的小球状物，甚至蔓延至颈部，他的颈项承受着断裂般的痛楚。经验告诉我们，这是一桩临终关怀的个案，我们将回去安排更多的师兄姊，以频密的关怀陪伴德发没有恐惧地走完人生最后的旅程。同时也要协助这位母亲，让她在独力照顾儿子的辛苦日子里不会感到孤单。

接下来的日子，慈济人开始进出德发的家里，有时候陪德发畅谈人生，有时为他安排救护车前往吉隆坡做化疗。为了不让他母亲在照顾之余还要辛苦出外买菜煮饭，我们安排自己工厂餐厅的老板娘，每天中午、晚上煮好餐食送给德发食用。同时几位慈济师姊轮流每天下午送去亲手压榨的果汁以补充德发的营养。由于数月来的频密关怀，让德发及母亲深感有幸与慈济人认识；而每次前往关怀的慈济人均能感觉母子二人那份发自内心的感激。

有一晚，我和我家师姊带了工厂一位会理发的职员前往为德发剪发。那天德发精神很好，我们跟他讲了很多佛法，并给他几本证严法师的著作及佛教歌曲磁带，德发有感而发，发愿赶快把病治好，能和我们去台湾花莲参加五月的慈济三十三周年庆。看我们做慈济去帮助人家他很羡慕，希望病好了也能立刻参加慈济和我们一起行善。我们鼓励他，心中起善念，日日是好日，我们会等待他的加入。

一九九九年四月中的某一天，德发自觉精神与体力都处于很好的状况，因而打电话来会所，希望趁体力尚可支撑的时候来会所走走。在母亲陪伴下，德发勉强坐在轮椅上，吃力地观赏了许多文宣看板，深深感动于慈济人以实践的方式为苦难众生无所求的付出。他与母亲把握了这一次参访慈济会所的因缘，双双加入成为慈济会员。

回台参加周年庆的前几天，我们又前往探视德发。见他病情逐渐恶化，癌细胞已蔓延至后颈部，外观上已明显肿胀。病魔无形的摧残，让他的脸上已藏不住身心俱创的痛苦，身体也日渐消瘦萎缩。让人更感到不祥的是，他已十多天无法排便与进食。他虚弱地躺在床上，两眼露出绝望的眼神，虽然他作势想和我们说话，无奈此时的他无法言语。我们安慰他："你要讲的话，我们都知道了。"并告诉他："你的身体已经坏掉，不能再用了，现在你要乘着已发的心愿，快去快回，换一个好的身体和我们一起做慈济。"陪伴在旁的母亲也知儿子将不久人世而泪流满面。我们将母亲带出房间，不希望德发看到母亲伤心不舍的一面。是晚，德发病情恶化，可能随时会离开，而其母亲心里已有准备，也在准备后事。如此生者心安，期望德发走的时候也能灵安。果然！就在我们返台参加周年庆期间德发走了！

起初，德发很不解地问我们，他才三十四岁，就已经是一家银行的高管，而且每周五晚都去运动，又很重视营养，不但意气风发，也活泼好动，怎么还会得这种病呢？实在很不甘心。我们常与他畅谈佛理，并告诉他："生病是很自然的事情，每个人都会生病。虽然身体病了，但心不能病。心是身体的主导，心念要照顾好。因为心如果病了，再好的药都无法治愈。"德发在卧病期间也看了一些佛书，多少了解一些基本佛理，加上甚具慧根，我们所谈的佛法，他都听了进去。

德发走了，留给我们无限的省思。除了感叹英年早逝，人生无常之外，也不禁要自我警惕。原本年轻力壮，不但爱好运动也注重营养的人，为什么不一定健康？这也让我想起常说的一句话："有学历也有能力又很努力的人，为什么不一定赚到钱？"两者的思考模式几乎是一样的。我想，运动与营养是健康的必备条件，但要健康的话，只有运动与营养还不够，还需种健康的因。健康的因即是施医赠药、捐钱盖医院，种如是因才会得如是果。佛法重因果，不得不深信，你相信则有，你不相信它还是存在。我们体悟了，自然也会了解虽然有学历、有能力，也很努力，但不一定能成功立业。此乃"未行善造福，福报不够"者也。

无缘的结局

我有一位好友,五十多岁时自教育界退休,赋闲在家。我三番两次建议他每周抽出一些时间去参加公益活动,或者来慈济当志工,不但有劳动的机会,也借着服务人群而让精神生活更加充实。见他没有动静,我退而求其次,请他加入慈济做会员,每月随喜捐一点善款、做一点好事。由于他的意愿一直不高,我也不想让他太为难,在机缘不具足下,彼此音讯全无地过了一段很长的时间。

二〇〇二年年初,辗转得知他因病住院而前往探视。记得那是一个晴空万里的早晨,进入病房后我尚未开口,好友迫不及待以虚弱的声音抢先跟我说:"刘师兄!请你马上拿会员表格给我填,我要加入做会员。"因为当时未准备,因此答应他隔天再来。

翌日,我再度前往探视,在几位随行慈济人及其家属的扶助下,好友就在病床上艰辛地填妥会员表格,正式成为慈济月捐会员。为了让好友"因病启善"成为历史的见证,我们合照留念，作为永恒的回忆。那次探访，得知好友已罹患恶性肿瘤，我们一行人仍深深为他祈福，祈求他能重业轻报、转危为安，祈祷他能一念善心破千灾。

两个月后，他病情一度好转。在义诊中心启用典礼当天，好友在太太的扶持下，拄着拐杖，步履蹒跚地前来参访静思堂。好友这次又抢先说话，以气若游丝的声调对我说："等病好了，我要跟随你一起做慈济。"我立即回答："这是发好愿，好好养病，我们一定等着你！"并鼓励他说："这是我们之间的约定，等病好了，我们马上一起行动。"这次参访，他获得许多慈济师兄姊的殷切慰问，也带回满满的爱与关怀。发了好愿也同时接受众人祝福的他，很明显地，在原本消瘦苍白的脸庞上，增添了几丝希望的曙光与期待的信心。

一个多月后，病情急转直下。我带了几位慈济人前往探视，他斜躺在客厅的活动床上，蔓延恶化的肿瘤让他痛得频频呻吟，病苦已把他折磨得愁容满面，但见到我们，他仍辛苦地开口提醒我，等他病好了要一起做慈济。好友在病痛中已深刻觉悟，但有心却无缘；心中虽有愿，却因身病心苦而愿难了，令人为其感到无奈与无助。眼看他已无法进食，甚至家人喂他喝水也痛楚难当，我们心里有数，只有默默祝福，希望他安详解脱，快去快回。

一周过后，好友撒手西归，遗体火化后，骨灰撒于大海，从此了尽一切世缘。我心想，如果他在没生病前即把握因缘、行善植福，可能以善消灾、以福解厄，至少也可以重业轻报，纵然还有定业难转，那也是无怨无悔、没有遗憾。可是我又想，如果人人都有警世的觉悟，也有无常及因果的警惕，那五浊恶世不早就净化成人间乐土吗？

　　好友的去世，已成"无缘的结局"，但却给我们上了宝贵的一课，它启示我们——人生有如一本书，每天就像一张纸，爱心是文字，力行就是一支笔。每一个人都用这支笔谱写自己人生的剧本，这辈子写下了什么剧本，下辈子就扮演什么角色。同理，这辈子所扮演的角色就是上辈子所写下的剧本。如果我们学会"借境修心"——借别人的境，修自己的心，则生活周遭的人、事、物，无一不是活生生的"无语良师"。

图书在版编目(CIP)数据

心灵四神汤/刘济雨著. —上海:复旦大学出版社,2015.8(2019.2 重印)
ISBN 978-7-309-11669-4

Ⅰ. 心… Ⅱ. 刘… Ⅲ. 随笔-作品集-中国-当代 Ⅳ. I267.1

中国版本图书馆 CIP 数据核字(2015)第 171588 号

原版权所有者:静思人文志业股份有限公司授权复旦大学出版社
出版发行简体字版

慈济全球信息网:http://www.tzuchi.org.tw/
静思书轩网址:http://www.jingsi.com.tw/
苏州静思书轩:http://www.jingsi.js.cn/

心灵四神汤
刘济雨 著
责任编辑/邵 丹
复旦大学出版社有限公司出版发行
上海市国权路 579 号 邮编:200433
网址:fupnet@fudanpress.com http://www.fudanpress.com
门市零售:86-21-65642857 团体订购:86-21-65118853
外埠邮购:86-21-65109143 出版部电话:86-21-65642845
崇明裕安印刷厂

开本 890×1240 1/32 印张 6.375 字数 110 千
2019 年 2 月第 1 版第 6 次印刷
印数 18 501—21 600

ISBN 978-7-309-11669-4/I·935
定价:26.00 元

如有印装质量问题,请向复旦大学出版社有限公司出版部调换。
版权所有 侵权必究